LÜGEN

Wer sagt die Wahrheit im Kampf um die Liebe?

Die Thailänderin ist bildhübsch und älter als er. Und sie ist verheiratet.

Mit einem anderen Mann.

Zusammen erleben sie den Sommer ihres Lebens, bevor sich ihre Liebe in Hass verwandelt.

Welche Rolle spielt Tina, und wie kann sie sein Herz erobern, bevor er sich für immer auf der Flucht vor den deutschen Behörden auf einer tropischen Insel in Indonesien absetzt?

Oder ist alles eine Lüge?

LÜGEN

Ein Roman der Garuda-Serie

Bereits erschienen von Axel Weber:

ROMANE: Die Garuda-Serie

Die Jakarta Trilogie
(Jakarta is for Lovers; Ondel-Ondel; The Big Durian)

NON-FICTION

People Business. Headhunter - die Jagd nach dem Placement

Sukarno und die Idee Indonesiens. Die Geschichte des indonesischen Nationalismus
(Deutsche Ausgabe)

Sukarno and the idea of Indonesia. A history of Indonesian nationalism (English version, abridged)

LÜGEN

Ein Roman der Garuda-Serie

Axel Weber

Bibliografische Information der Deutschen Nationalbibliothek: Die Deutsche Nationalbibliothek verzeichnet diese Publikation in der Deutschen Nationalbibliografie; detaillierte bibliografische Daten sind im Internet über dnb.dnb.de abrufbar.

Coverdesign: Sonja Kaminski, Grafikdesign/Kunst - https://www.sonja-kaminski.de/

"Schreiben ist Freiheit"

Herstellung und Verlag: BoD - Books on Demand, Norderstedt

ISBN: 978-3-7543-8000-0

Für die Wahrheit

"Wenn sie toll ist, wird sie nicht leicht zu haben sein, kriegst du sie schnell, ist sie wahrscheinlich nicht so toll. Ist sie es wert, bleibst du dran. Gibst du auf, hast du sie nicht verdient. Die Wahrheit ist, alle werden dich wahrscheinlich irgendwann verletzen, Du musst halt die finden, für die es sich lohnt zu leiden."

Bob Marley

Lüge - Definition:

"bewusst falsche, auf Täuschung angelegte Aussage; absichtlich, wissentlich geäußerte Unwahrheit"

Quelle: Duden

Mein Name war einmal Maximilian Rust. Aus einer Familie mit Vater, Mutter und Schwester. Das war mein altes Leben in München, in Bayern, in Deutschland. Das alles ist so weit weg, es spielt keine Rolle mehr. Ich lebe ein neues Leben. Denn sie haben angefangen, mich mit ihrem Haftbefehl zu suchen. Daher bin ich untergetaucht. Auf einer Insel in Indonesien. An einem Strand, der einsam und exotisch ist, so wie Ihr ihn Euch vorstellt.

Auf dieser Insel schreibe ich diese Zeilen. Ich lebe gut und das Paradies umgibt mich wie ein Gefängnis. Die Gäste des Hotels, in dem ich arbeite, beneiden mich um mein Leben und um meine Freiheit, um den Strand, das Wetter, das Essen.

Und um die Frau an meiner Seite.

Vor allem um die Frau an meiner Seite.

Sie ist die Besitzerin des Hotels. Sie weiß nicht, dass ich Max heiße. Sie kennt mich nur unter meinem falschen Namen:

Ulrich Zimmer.

Sie nennt mich Uli.
Sie kennt die Wahrheit nicht.
Sie kennt nur die Lüge.

Hier schreibe ich die Wahrheit.

EINS

Der Sommer 1997 ist heiß, lang und trocken und der Himmel immer blau. Es ist ein Sommer, wie er sein muss, und es ist der Sommer meines Lebens.

Das Klapprad mit der roten Farbe ist mein Hauptfortbewegungsmittel und hat eine Rücktrittschaltung mit zwei Gängen. Unkompliziert, von Wohnung zur Uni, in die Stadt und zurück. Das Fahrrad macht mich frei, ich parke vor jeder Bar. In München klaut niemand dieses alte Fahrrad. Der Wind fängt sich in meinem blonden Haar (ich lasse es lang wachsen), meine Sonnenbrille steckt im Gesicht und meine braungebrannten Füße in Havaianas. Ich rolle die Montgelasstraße hinunter, dann über die Max-Joseph-Brücke. Über dem Biergarten am Chinesischen Turm liegt der Duft von gegrilltem Hähnchen. Die Kapelle spielt bayerische Blasmusik. Dann über die frisch gemähten Wiesen zum Odeonsplatz. Die Luft und ihr Duft sind wie vom Dorf geklaut, es sind die Wiesen, auf denen wir sonst Frisbee spielen, in der einen Hand ein Helles und in der anderen die Scheibe. Der Englische Garten ist Heimat, er ist auch die Freiheit eines Studenten, in München wie in einem Dorf zu leben, und doch in wenigen Minuten an der Uni zu sein.

Die Hitze fordert die Menschen auf, viel Haut zu zeigen. Zwischen Versace und Bally, vor dem Hugo Boss Store in der Maximilianstraße, sehe ich sie. Ich fahre zuerst an ihr vorbei, drehe mich nach ihr um und bin mir sicher, dass ihre Augen mir folgen. Ich lasse Autos und Straßenbahn passieren, drehe um, fahre zurück zum Café Roma, wende abermals zwischen Autos und Straßenbahn. Meine Augen suchen sie zwischen den Menschen auf dem Bürgersteig.

Da.

Dort läuft sie in kleinen Schritten auf Absätzen in einem Rock und einem Oberteil, das viel Luft an sie lässt. An ihrem Arm hängt eine Handtasche, wie sonst nur am Unterarm der Queen. Ihre Sonnenbrille steckt in langem, glattem Haar, mehr Accessoires als Brille. Sie sieht gefährlich gut aus. Ich fahre auf sie zu, zwischen die parkenden Autos an der Bordsteinkante. Sie bleibt stehen, als erwarte sie mich. Ich nehme meine Sonnenbrille ab. Meine Augen suchen ihre Augen und finden sie. Ihre Augen halten mich fest.

"Du."

"Ich?"

"Ja, Du."

"Hi."

"Woher kommst Du?"

"Rate."

"Philippinen."

"Falsch."

"Indonesien."

"Falsch."

"Thailand."

"Warum willst Du das wissen?"

"Ich schreibe meinen PhD über Indonesien und die ASEAN. Kannst Du mir helfen?"

Es ist die lahmste Pickup Line die es gibt und die einzige, die mir einfällt.

Und die Wahrheit.

"PhD? Du hast Glück. Ich bin vom thailändischen Konsulat."

Ist sie natürlich nicht. Sie lügt, um mein Spiel zu spielen. Es ist die erste Lüge von vielen. Und die unschuldigste.

"Morgen wird's wieder heiß. Hast Du Zeit?"

"Für was?"

"Wollen wir an die Isar? Ich nehme mein Skript mit."

Sie zeigt mir ihre Zähne indem sie lacht. Ein Zahn steht etwas schief in ihrem Mund wie eine kaputte Latte in einem Zaun. Dieser Schönheitsfehler macht sie natürlich. Ihre Zähne sind ihre Schwachstelle, und wenn sie lacht, hält sie ihre Hand vor den Mund. Ihre Hand verrät mehr als jedes andere Körperteil ihr Alter.

"Gib mir Deine Nummer."

Sie gibt mir ihre Nummer und ich rufe sie an und sie reicht mir ihr Telefon. Ich speichere meinen Namen und meine Nummer in ihrem Telefon.

"Ich schreibe Dir, wo und wann wir uns treffen."

"Bis morgen."

Sie wirft mir einen Kuss zu.

"Bis morgen."

Mein Herz rast und das Adrenalin in meinen Adern stirbt nur langsam. Ich lasse sie am Straßenrand stehen und trete in die Pedale. Ich spüre, wie ihr Blick an meinem Körper klebt. Es gibt kaum ein besseres Gefühl. Mein Fahrrad fährt leichter als vorher.

ZWEI

"Ich muss mich umziehen, bevor wir an die Isar gehen."

"Wo bist Du?"

"In der Stadt."

"Dann komm' vorbei."

"Wo wohnst Du?"

Ich gebe ihr meine Adresse.

Ein wenig später steht sie vor mir. Leicht bekleidet, wie gestern. Sie sieht genauso gefährlich aus und ihr Gesicht trägt Make Up; ihre Augen erzählen von ihrer Lust auf ein Abenteuer. Es brennt in ihren Augen wie in den Augen einer Schlange, die zum Kampf ansetzt. An der Wohnungstür zieht sie ihre Sandalen aus und betritt mein Studio mit dem Blick über die Stadt. Ihre nackten Füße gehen intim an mir vorbei in meine Wohnung. Sie hat gepflegte Füße und riecht nach einem Shangri-La, von dem ich bislang nur träumen konnte.

"Du hast ein schönes Liebesnest."

Sie streift mit ihrer Hand über meinen Schreibtisch, auf dem sich Bücher stapeln und auf dem mein Rechner steht. Ihr Finger kommt staubig zurück.

"Du hast keine Freundin?"

Ich schüttele meinen Kopf.

Die Sonne scheint in das Studio.

"Hast Du Badesachen dabei?"

Sie greift in ihre Handtasche und holt ein Bündel bunter Bikini Ober- und Unterteile hervor. Sie hält die kleinen Stofffetzen wie die zerknüllte Seite einer Zeitung vor sich in der Hand.

"Ich konnte mich nicht entscheiden."

Sie hat ein freches Grinsen auf ihren Lippen. Die Bikinis sind in allen möglichen Farben und sehr klein, so klein wie ihr Körper.

"Willst Du Dich umziehen?"

Ohne etwas zu sagen, stellt sie ihre Tasche auf mein Bett und wirft mir die Bikinis zu. Sie fallen über mich wie Konfetti.

"Welchen soll ich anziehen?"

Ich fange die Bikiniteile auf und ein paar fallen auf den Boden. Ein pinker bleibt in meinen Händen hängen. Brasilianisch, minimal. Ich werfe ihn zurück zu ihr.

"Diesen."

Sie lächelt und zieht sich aus.

"Dreh' Dich um."

"Ich habe ein Badezimmer."

"Dann geh' Du da rein."

"Lass' mich wissen, wenn Du fertig bist."

Ich gehe in mein Badezimmer.

"Ich bin fertig."

"Das ging schnell."

Ich komme aus dem Badezimmer. Sie steht im pinken Bikini vor mir. Ihr Körper ist schamlos schön und sie weiß das und fühlt sich nackt so wohl wie in ihren Klamotten, vielleicht wohler. Ihr Körper sagt mir, dass ich zu ihr kommen soll und sie legt ihren Arm um meinen Hals und schaut mir in die Augen. Ihre Augen sagen mir etwas, das ich nicht in Worte fassen kann. Sie küsst mich. Ich küsse sie zurück. Wir küssen uns lange und unsere Zungen werden eins. Unsere Hände erkunden unsere Körper. Die Größe ihrer Rundungen passt perfekt in meine Hände. Ihr Körper ist eine göttliche Kreation und der Pilgerort meiner Leidenschaft. Sie ist die biblische Sünde, die alles zu Fall bringen wird.

Ich lege sie auf das Bett, sie zieht mich zu sich und dann aus. Ihre kurzen Nägel wandern über meinen Körper wie eine Krabbe über den Sand. Mein Verlangen nach ihr schmerzt. Sie macht meine Hose auf und ich schiebe ihren Bikini an der entscheidenden Stelle beiseite.

"Ich nehme die Pille."

Wir lieben uns und unsere Körper sprechen die gleiche Sprache. Sie ist laut und intensiv und hat Nachholbedarf. So wie ich. Ihr Körper zittert jedes Mal, wenn sie kommt und sie kommt wie eine Straßenbahn im Minutentakt. Dann machen wir es auf dem Balkon in der Sonne und die Sonne wärmt meinen Körper an Stellen, die lange keine Sonne gesehen haben. Ich sitze auf einem Balkonstuhl und die Strahlen auf meiner Haut und ihr Mund auf mir verschmelzen zu einer Sensation. Ich nehme sie im Stehen, sie schaut über die Balkonbrüstung aus dem zehnten Stock über die Stadt und sie muss sich in die Hand beißen, um nicht zu laut zu sein, und ist es dann doch. Ihre Brüste sehen über die Balkonbrüstung in Richtung Berge. Ein paar Menschen von unten schauen nach oben und es macht ihr nichts aus.

Endlich bekommt sie, was sie wollte. Ich habe das Gefühl, dass sie ihr Leben lang darauf gewartet hat.

Später liegen wir verschwitzt und verbraucht und ineinander verschlungen auf meinem Bett. Ich bin leer.

"Ich bin glücklich."

"Ich auch."

Mein Organ schmerzt vom Einsatz in ihrer Enge. Ich mache eine Flasche Weißwein auf und schenke uns zwei Gläser ein.

"Ich muss gleich los."

"Willst Du nicht bleiben?"

"Mein Mann kommt nach Hause. Ich muss kochen."

Sie holt das Foto ihres Mannes aus ihrem Portemonnaie. Sie sagt mir seinen Namen: Arne Kucholski. Warum, weiß ich nicht. Schütteres Haar, ernster Blick. Das Foto ist schwarz-weiß. Mir ist es nicht in den Sinn gekommen, dass sie verheiratet sein könnte und so einfach zu mir kommt und mit mir schläft.

Ohne eine Anstrengung.

Ohne ein Date.

"Liebst Du ihn?"

"Na, so was fragst Du eine Ehefrau besser nicht."

"Warum bist Du mit ihm zusammen?"

"Er sorgt für mich und er hat mich geheiratet."

"Warum bist Du hier bei mir?"

Sie lässt die Frage im Raum stehen, wie ein Zug einen zu spät gekommenen Passagier. Sie zieht sich an.

"Willst Du duschen?"

Sie schüttelt ihren Kopf.

"Mein Mann langt mich schon lange nicht mehr an."

Sie lässt die Bikinis bei mir.

An der Tür sagt sie:

"Ich komme heute Nacht wieder."

Sie küsst mich. Dann:

"Wenn er schläft."

Wir küssen uns an der Tür und aus dem Kuss wird mehr und sie geht auf ihre Knie und mir reicht ihr Mund nicht und ich drehe sie um und diesmal tut es mir weh und sie ist laut und wir kommen gleichzeitig und küssen uns als hängt unser Leben davon ab.

"Ich muss los."

Sie trägt die Sandalen an den Riemen in ihren Händen und rennt den Teppich entlang in kleinen Schritten zum Aufzug. An der Innenseite ihres Beins läuft unsere Liebe herunter. Sie lacht, als sei das normal und als würde es ihr dauernd passieren. Sie fährt mit ihrem Zeigefinger ihr Bein entlang und steckt ihn in ihren Mund und leckt ihn sauber. Sie wirft mir einen Kuss zu. Ich schließe die Tür und trinke ein Glas Wein und schaue über die Stadt, die Sonne und die Menschen, die wie große Ameisen unten beinahe technisch ihren Pflichten nachgehen. Dann sehe ich sie vom Hauseingang auf die Straße gehen. Der kleine Pfad verbindet die Anlage mit Parkplatz und Straße. Trippelschritte in kleinen Sandalen. Sie schaut nach oben und winkt mir zu und ich hebe mein Glas.

Später schickt sie mir eine SMS:

Ich liebe Dich. Bis nachher XXX

Ich liebe Dich auch

Ich vermisse Dich

Ich Dich auch

Sie hat mir den Druck genommen und ich schreibe an meiner Doktorarbeit, ohne an etwas Bestimmtes denken zu müssen. Ich kann es nicht erwarten, bis sie wieder da ist. Die SMS gehen den ganzen Abend hin und her, wie ein Ball beim Tischtennis.

Dann steht sie vor meiner Tür. Sie hat eine Flasche Wein dabei und eine Tasche.
"Hast Du mich vermisst?"
"Was denkst Du?"
"Zeig mir wie viel."
"Wir haben die ganze Nacht."
Ich nehme ihre Hand und führe sie in mein Studio. Sie stellt den Wein in die Küche und die Tasche auf den Boden. Sie hat einen Rock an und keine Unterwäsche. Sie springt auf mich und schlingt ihre Beine um meine Hüften und wir küssen uns und lieben uns im Stehen, bevor ich sie auf das Bett werfe und ein Marathon beginnt.

"So viel habe ich Dich vermisst," sage ich zu ihr, als ich zwischen ihren Beinen auftauche.

Früh am Morgen, bevor es hell wird, sagt sie:
"Ich muss gleich los."
"Wie machst Du das?"
"Was denn?"
"Das mit Deinem Mann."
"Ich habe ihm gesagt, dass ich mit Kitty ausgehe."
"Kitty?"
"Eine Freundin. Sie ist auch aus Thailand."
"Er vermutet nichts?"
"Nein. Er ist müde und gestresst und trinkt zu viel. Wenn er einmal schläft, dann schläft er."
"Was macht Dein Mann?"
"Eigentlich darf ich das nicht sagen."
Ich spiele mit ihrem Körper.
"Und uneigentlich?"
Sie lacht.
"Weil Du es bist."
Ich höre nicht auf mit ihr zu spielen. Es gefällt ihr. Sehr. Mir auch.
"Er ist in Pullach."
Ich höre auf und lehne mich an das Kopfende.
"BND?"
"Er war Resident bei der Deutschen Botschaft in Bangkok."
"Da habt Ihr Euch kennengelernt?"
Sie nickt und ihre Augen werden glasig.
"Und dann?"

"Er war drei Jahre in Bangkok. Dann haben wir geheiratet."

"Hast Du Kinder?"

"Nein."

"Von Bangkok nach Deutschland?"

"Nein. Dann waren wir in Vietnam. Und dann in Singapur."

"Seit wann schläfst Du mit anderen Männern?"

Sie schaut mich an. Ich sehe den Vorwurf in ihren Augen.

"Es ist nicht schlimm."

Der Vorwurf wird zu Tränen.

"Was ist los?"

"Ich liebe meinen Mann nicht. Er liebt mich und tut alles für mich."

Ich küsse sie und sage ihr:

"Alles ist gut. Ich freue mich, dass Du da bist und mit mir schläfst. Ich brauche Dich."

Sie küsst mich und ich wische ihre Tränen beiseite.

"Ich brauche Dich auch. Ich liebe Dich."

"Ich liebe Dich."

"In Vietnam habe ich mit allen seinen Freunden geschlafen. Jeden Abend mit einem anderen. Seitdem schlafe ich mit anderen Männern."

"Was für eine Frau bist Du?"

"Ich habe keinen von ihnen geliebt."

Ihr Blick wird böse und ihre Augen teuflisch. Sie zeigt mir ihr wahres Ich. Aber das weiß ich in diesem Augenblick noch nicht: Ihre sexuelle Kapazität blendet alles andere aus.

"Du verstehst mich nicht und Du liebst mich nicht."

Ihr Deutsch ist schwer verständlich, wenn sie wütend ist und das "liebst" klingt wie "libbst". Sie dreht sich weg.

"Ich meine, welche Frau schläft mit den Freunden ihres Mannes? Warum verlässt Du ihn nicht einfach?"

Sie weint und der Rotz läuft aus ihrer Nase. Sie kann die Nase nicht hochziehen.

"Was ist mit Deiner Nase?"

Ich gebe ihr ein Taschentuch und sie dreht sich zu mir.

"Nose Job."

"Das ist nicht Deine echte Nase?"

"Nein. Meine Nase war zu klein."

"Deine Nase ist klein."

Sie holt ihre Brieftasche hervor und zeigt mir ein Pre-OP Foto. Ihre Nase ist noch kleiner als jetzt.

"Kann ich es behalten?"

"Du brauchst kein Foto von mir, Du hast das Original."

Ich schaue mir ihr Gesicht auf dem Foto an.

"Thailänderinnen lieben lange Nasen."

Sie spricht das Wort "Thailändelinnen" aus. Mit einem L in der Mitte, da wo das R sein müsste.

Ich lache.

"Du lachst mich aus."

"Nein. Ich lache, weil Du süß bist. Und Du warst davor auch süß."

"Hättest Du mich davor auch angesprochen?"

"Aber sicher."

"Das glaube ich nicht."

"Doch."

"Sprichst Du dauernd Frauen an?"

"Nein. Nur Dich."

"Besser so."

Sie holt den Wein aus der Küche.

"Mach ihn auf."

Ich stehe auf und nehme die Flasche und gehe in die Küche. Sie schlägt auf meinen nackten Po mit ihrer offenen Hand und der Schlag tut mir weh.

"Au."

"Sprich niemanden mehr an. Jetzt hast Du mich."

Ihr Schlag auf meinen Po und die Stimme in ihrem Mund meinen es ernst.

"OK."

"Ich liebe Dich, Schatzi."

Es sind die Worte, die ich am meisten von ihr hören werde, gefolgt von "Ich muss gleich los". Als ich ihr nicht sofort antworte, wiederholt sie:

"Ich liebe Dich, Schatzi."

Ihre Augen bohren einen Krater in mein Gesicht.

"Ich liebe Dich auch, Darling."

Dann räumt sie ihre Tasche aus und macht in meinem Schrank Platz für ihre Sachen. Sie fragt nicht ob das OK ist und legt Lingerie und Unterwäsche und Kleider und Schuhe in meinen Schrank. Auch ihre Bikinisammlung wandert dorthin. Die Kleidung ist weniger zum Anziehen gedacht und viel mehr ein Platzhalter, eine Duftmarke, die ihr Territorium absteckt.

"Ziehst Du bei mir ein?"

Sie legt ihren Kopf zur Seite und schaut mich mit einem Lachen auf ihren Lippen an. Sie hatte bis gerade eben noch mich zwischen ihren Lippen. Die ganze Situation hat etwas Dreckiges und fühlt sich so an, wie sie auf meiner Zunge schmeckt.

"Das hättest Du gerne."

"Ich weiß nicht."

Sie schaut mich enttäuscht an.

"Ich mache nur einen Scherz."

"Ich muss gleich los."

Bevor sie geht, tun wir es noch einmal und sie schmeckt salzig und gut und gebraucht und sie befriedigt mich und ich sie und sie macht mich süchtig nach ihr. Ich weiß nicht, ob ich sie liebe, aber ich weiß, ich liebe, wie sie mit mir und meinem Körper umgeht. Als sie weg ist, gehe ich auf den Balkon und winke ihr zu und in der Dunkelheit winkt sie mit ihrem beleuchteten Display nach oben und ich schreibe ihr eine SMS, dass ich sie liebe und vermisse.

DREI

Wir treffen uns am Brunnen, an dem sich alle Liebespärchen treffen. Es ist heiß, so wie an allen Tagen in diesem Sommer. Sie trägt offene Sandalen und sieht aus wie auf dem Weg zum Strand. Ihr Körper spricht zu mir und sagt mir, sie braucht es wieder. Es ist das erste Mal, dass wir uns außerhalb meiner Wohnung treffen und ich empfinde es als ungewohnt, da ich sie sonst immer sofort genommen habe. Sie nimmt meine Hand und wir küssen uns lange und meine Lust tut mir in meiner Hose weh.

"Mein Mann ist auf Geschäftsreise. Ich bleibe die Nacht bei Dir."

Sie sagt es und fragt nicht und für sie ist es selbstverständlich, dass ich für sie da bin, wenn er nicht da ist.

Ihre Augen verbergen ihre Erregung nicht und sie freut sich wie ein kleines Kind an Weihnachten. Den Menschen um uns herum fällt das auf und Männer sehen sie mit Lust und Verlangen an. Ein paar alte Menschen sagen etwas über sie und nennen sie eine Chinesin. Wir sind zu gut drauf, als dass wir uns um die grantigen Münchner kümmern.

Am Odeonsplatz setzen wir uns mit Blick auf die Residenz und die gelbe Kirche. Der Himmel hat das perfekte Blau. Es ist der Luxus eines heißen Morgens im Sommer, an dem alle anderen in einem Büro sitzen und die Stadt langsam aufwacht und ihre Jungfräulichkeit länger bewahrt als an anderen Tagen.

Ein Kehrfahrzeug fährt über den Platz und hinterlässt eine feuchte Spur. Taxifahrer stehen in der Sonne und rauchen.

"Wie alt bist Du?"

"Das fragst Du keine Frau."

Sie lacht.

"Wie alt bist Du?"

Ich sage es ihr.

"Ich bin elf Jahre älter als Du."

"Das kann nicht sein. Dein Körper ist jung."

"Ich bin eine alte Frau."

"Das bist Du nicht."

"Wirst Du mich wegen meines Alters verlassen?"

Ich schaue sie an.

Sie meint es ernst.

"Was?"

"Bin ich zu alt für Dich?"

"Schatz, Du bist perfekt für mich."

Nach dem Tambosi gehen wir auf die Wiese im Englischen Garten, wo wir nackt sein dürfen. Aus dem Gras kommt uns die Wärme eines perfekten Sommertages entgegen, an dem die Welt in Ordnung ist. Sie holt eine Decke aus ihrer Tasche mit einem Muster voller Elefanten und wir legen uns in den Schatten. Sie zieht sich aus und trägt einen Bikini, der knapper ist als der Bikini in meiner Wohnung. Ich bin nicht darauf vorbereitet und trage Boxershorts.

"Zieh' sie aus."

Wir sind alleine unter dem Baum und ich ziehe mich aus und sie sieht den Effekt, den sie auf mich hat.

"Ist das für mich?"

Dann macht sie sich an mir zu schaffen und ich schaue durch die Blätter des Baumes in den blauen Himmel und schließe meine Augen und mir geht es so gut wie noch nie in meinem Leben.

Zu Hause ist sie dran. Sie ist so laut, dass die Nachbarin über den Balkon zu mir in die Wohnung schaut. Eine Sekunde lang sehe ich ihr altes Gesicht voller Falten, das graue Haare umrahmen wie ein Bilderrahmen ein schlechtes Gemälde. Dann verschwindet ihr bohrender Blick hinter der Mauer. Ich schäme mich nicht. Aber vermutlich tut sie es. Es ist besser, als wenn sie wegen des Stöhnens die Polizei gerufen hätte.

"Was magst Du am meisten?"

"Das."

Sie schaut hoch und sagt:

"Wenn ich Dich lutsche?"

Ich nicke.

Dann lutscht sie bis ich fertig bin und macht weiter, bis ich ihr sage, dass sie aufhören kann, weil ich leer bin. Sie taucht auf und sagt:

"Das hat gut geschmeckt."

Die nächsten Wochen vergehen in dem Rhythmus den nur ein Liebespaar haben kann, das keine Sorgen kennt und niemanden braucht ausser sich selbst: Wir treffen uns um die Mittagszeit in der Stadt, hängen im Café Roma oder im Tambosi ab, gehen zu mir. Wir tun es auf dem Balkon in der Sonne, im Bett und unter der Dusche. Gegen 17 Uhr sagt sie "Ich muss gleich los" und fährt nach Hause.

Ich arbeite an meiner Doktorarbeit bis sie spät nachts zu mir kommt und wir da weitermachen, wo wir aufgehört haben. Manchmal gehen wir in einen Pub in Schwabing oder ins Lenbachhaus und ich trinke und sie fährt die C-Klasse ihres Mannes. Ab und zu nehmen wir den Bus und die U-Bahn und sitzen auf einer Bank und der Nervenkitzel, gesehen zu werden, treibt sie an, mich an allen möglichen Orten zu befriedigen.

Am Gärtnerplatzfest macht sie es mir spät nachts in der Mitte des Rondells am Brunnen. Einmal gegen Ende des Sommers sind wir im Wald in der Nähe von Dachau und als sie fertig ist, sind die Jeans an ihren Knien nass und grün.

VIER

Ein Gewitter beendet den Sommer. Die Kaltfront zerstört unsere Routine. Mein Klapprad hat für die Saison ausgedient. Ich parke mein BMW Coupé in der Ludwigstraße auf Höhe Schellingstraße. Der Abend ist kalt und dunkel und die mageren Lichter der Stadt spiegeln sich in den nassen Straßen, als wären sie auf Diät. Es ist der erste Regen seit Wochen und er reinigt die Stadt vom Staub des Sommers. Die Stadt verliert ihr italienisches Flair und wird zu Schottland. Ein Hauch von Melancholie legt sich über die Stadt, die bis kurz vorher voller Menschen war. An diesem Abend ist sie leer und kalt und einsam. Vom Sommer bleibt nur die Erinnerung.

Ich trage zum ersten Mal seit Monaten meine schwarze Lederjacke. Das weiche Leder auf meiner Haut über dem T-Shirt löst ein Gefühl in mir aus, das mich stimuliert und ich kann es nicht erwarten, bis sie da ist und ich ihr die Lederjacke über ihre nackte Haut ziehe. Das Leder riecht nach all den Jahren immer noch intensiv und sexy, vor allem wenn er sich mit dem Duft ihrer nackten Haut vermischt.

Ich treffe PhD-Kommilitonen in einem Pub in der Nähe der Schellingstraße. Es ist ein Abend, an dem wir uns und unseren Professor besser kennenlernen sollen. Der Professor ist cool und er hat uns zu diesem Treffen eingeladen. Daraus soll ein Stammtisch der Doktoranden werden. Die Kommilitonen langweilen mich und sie sprechen über die Themen ihrer Doktorarbeit, als würden sie von unserem Professor Noten dafür erhalten. Endlich kommt sie dazu und ich blühe auf, als sie durch die Tür kommt und sich neben mich stellt. Mir gefällt, dass sie sich ein Bier bestellen lässt und sie trinkt es genauso schnell wie die anderen. Ein paar der Männer lassen ihre Augen über sie gleiten. Ihr Gesicht kann ihre Gedanken nicht verbergen: Sie genießt die Blicke der Männer. Die Augen der Männer genießen den Anblick ihres engen Körpers wie Eiscreme an einem heißen Sommertag.

Es ist immer die gleiche Frage:

"Woher kommst Du? Was machst Du hier?"

Ich bin gespannt, wie sie antwortet und freue mich, dass sie sagen wird, dass sie hier mit mir ist. Aber natürlich ist sie wegen ihres Mannes hier. Das weiß ich und sie sagt es natürlich nicht.

Aber dann ist sie natürlich wegen mir hier in diesem Pub. In ihren Augen sehe ich, dass es ihr alleine und ohne mich vielleicht genauso gut gefallen würde. Sie ist diese Frau, die nie alleine ist, weil sie nicht alleine sein kann. Es gibt immer einen Mann in ihrem Leben, weil es immer einen Mann geben muss.

"Du willst aber viel wissen."

Dann schaut sie unseren jungen Professor an. Er trägt eine runde Brille wie ein Sozialist und hat nur wenige Haare auf seinem Kopf.

"Stellt er an der Uni auch so viele Fragen?"

Das ist charmant und ihr Lachen bringt meine Kommilitonen zum Schweigen. Der Professor rollt eine Zigarette und kann nur mit ihr lachen und sein Helles trinken. Sein Blick gleitet ihren Körper entlang und verglüht wie ein Meteor beim Eintritt in die Atmosphäre. Ich weiß was in seinem Kopf abläuft. Dann begegnen sich unsere Blicke und er schaut weg.

Egal wo wir hingehen, sie zieht die Männer an wie ein schwarzes Loch die Materie. Sie hat diese Ausstrahlung, die nie eine andere Frau zuläßt, und deswegen hat sie keine wirklichen Freundinnen. Andere Frauen sind immer ihre Rivalinnen, auch wenn sie jedes Spiel gewinnt.

Problemlos.

Sie kann nicht anders.

Ihr Gesicht hat dieses Lächeln, das andere Frauen nicht haben. Ihr Lachen ist nie klar und es kann ihre Gedanken und ihr Verlangen nicht verbergen. Ihre Augen leuchten, als hätte sie Drogen genommen und es sind ihre Augen, die die Arbeit machen. Sie verführen und reißen Mauern ein und verbinden sie mit den Männern wie Bluetooth.

Das fällt mir zum ersten Mal an einem Abend auf, als wir in das Lenbach Palais zur After Work Party gehen. Sie spricht mit jedem Mann, der auf sie zukommt und sie lässt sich von jedem Mann eine Visitenkarte geben und bunkert diese in ihrer Handtasche. Sie trinkt nicht viel, aber sie bezahlt für keinen ihrer Drinks und hat die Männer um sich versammelt als gibt sie ihnen Autogramme. Die Männer sind die übliche Mischung von Münchner Snobs, die von sich eine höhere Meinung haben als ihnen zusteht. Frustrierte Administratoren, Personalberater und Verkäufer in Anzügen und weißen Hemden ohne Krawatten, geschieden oder auf dem

Weg dorthin, mit einem Haus im Vorort und mit Kind oder auch nicht. Sie wissen, dass ihr Leben schief gegangen ist, weil sie irgendwann ihre Träume wegen des Geldverdienens hinter sich gelassen haben und nun glauben, sie mit Statussymbolen beeindrucken zu müssen, genauso wie sie glauben, es auf irgendeiner Skala geschafft zu haben. Sie würden jemand anderem ihr Scheitern nie eingestehen, am wenigsten sich selbst. Alles, was ihnen zu ihrem Glück und ihrem neuen Leben fehlt, ist eine asiatische Frau.

Ich sehe zu ihr rüber und sie tut mir weh. Ich halte mich zurück und Tina, meine beste Freundin, die genauso wenig wie eine Studentin aussieht wie ich und blond und groß ist und blaue Augen hat und meine Schwester sein könnte, sieht, dass es mir nicht gut geht.

"Lebt Deine Thailänderin das Klischee?"

"Ich weiß es nicht."

"Macht Dir das nichts aus?"

"Was soll ich dazu sagen?"

"Seid Ihr exklusiv zusammen?"

"So exklusiv wie das mit einer Frau geht, die verheiratet ist."

Nicht, dass ich jemals über eine Ehe nachdenken würde. Weder mit ihr noch mit einer anderen Frau. Tina reicht mir einen Shot Tequila.

"Ich bin mit dem Auto da."

"Du lässt es besser stehen."

Tina hat die Ausstrahlung dieser großen und unnahbaren Blondine die den Kellner nicht von ihrer Seite weichen lässt, weil er Angst vor ihr hat. Wir trinken und machen das mit der Limette und dem Salz und bestimmt in der falschen Reihenfolge. Sie hebt ihre Hand in einem Victory-Zeichen und der Kellner bringt uns zwei frische Shots und Limettenkeile und Salz.

"Willst Du das?"

"Was?"

"Dass sie ihn verlässt?"

Wir kreuzen unsere Arme und trinken so. Dann hält sie mir ihre Hand mit dem Salz hin und ich lecke das Salz von ihrer Hand und sie das von meiner. Ihre Hand schmeckt salzig, nicht nur wegen des Salzes.

"Ich weiß es nicht. Vielleicht macht sie mit mir, was sie auch mit ihrem Mann macht."

"Ihm die Hörner aufsetzen?"

Ich finde den Begriff widerlich und nicke und sehe die Thai mit den anderen Männern flirten und sie lacht und ein Mann legt seinen Arm um sie und seine Hand ist nicht weit weg von ihrem Po und sie blüht auf und sie mag es, wenn die Männer sie nicht loslassen.

Tina will nur mein Bestes. Ein paar Mal haben Tina und ich uns geküsst und wir waren auch einmal im Bett zusammen, nach der Wiesn, als wir beide blau waren und niemand anderen gefunden hatten. Tina ist gut zu mir und trotzdem kann ich sie nicht lieben. Immer wieder macht Tina mir das zum Vorwurf, vor allem wenn wir gemeinsam um die Häuser ziehen und die Menschen uns ansehen, als wären wir das blonde Traumpaar. Wenn unsere Freunde Tina und mich zusammen sehen, fragen sie mich, was mit Tina ist. Sie möge mich doch, ob das nichts wäre? Das

Mädchen von nebenan, aus einer guten Familie. Solide. Konservativ.

Nein Danke, sage ich und denke mir: konservativ?

Tina?

Wir hatten zu diesem Zeitpunkt schon miteinander geschlafen und Tina hat eine komplizierte Beziehung zu ihrem Körper. Seitdem bietet sie mir immer wieder an, wenn ich nach einer Feier alleine nach Hause gehe, ob es nicht besser ist, die Nacht mit ihr zu verbringen als alleine. Einmal habe ich sie im Auto nach Hause gefahren, nachdem wir eine Freundin in Bad Tölz besucht hatten. Als wir vor Tina's Wohnung in der Amalienstraße hielten, wollte ich nicht mit nach oben kommen. Dann hat Tina mir es im Auto mit der Hand gemacht und mir gesagt, dass das besser ist, als wenn ich es mir selbst mache.

Um ehrlich zu sein weiß ich das nicht. Tina weiß, dass ich immer auf der Jagd bin und asiatische Frauen mir den Verstand rauben. Und asiatische Frauen sind Mangelware, zumindest in München.

Tina's rote Jeans umarmen ihre Beine wie eine Tätowierung. Ihre hohen Absätze zeigen ihre Fußnägel. Das Rot ihrer Fußnägel ist das gleiche Rot wie das ihrer Hose.

"Was wenn Du andere Frauen ansprichst?"

"Ich habe es noch nicht ausprobiert."

"Du sprichst jetzt mit mir."

Sie lehnt sich zu mir und wir stehen viel zu eng beisammen.

"Willst Du nicht Deinen Arm um mich legen?"

Sie schaut mich an. Tina ist Münchnerin. Das Gegenteil von ihr. Tina sieht den Kellner an und ihre Hand macht das Victory-Zeichen. Ich merke den Alkohol und lege meinen Arm um sie. Der Kellner reicht uns die Shotgläser über die Bar und diesmal fehlen die Limettenkeile. Wir trinken ohne Vitamin C und der Alkohol heilt auch so. Mein Arm liegt um Tina's Hüfte als sie vor uns steht; nicht weil ich Tina so sehr mag, sondern weil es irgendwie zur Situation passt.

"Was machst Du?"

Ihre Augen haben einen diabolischen Schimmer. Tina legt ihren Arm um mich wie den Finger in die Wunde.

Sie sieht es.

"Ich gehe. Du bist ein Arschloch."

Ich will ihr sagen, was mit all den Männern und den Visitenkarten in ihrer Handtasche und den Drinks ist, auf die sie sich hat einladen lassen. Die Musik ist zu laut und ich habe noch nicht genug getrunken um laut zu sprechen und finde die Situation beinahe amüsant und mein Arm bleibt um Tina und dann schüttet sie mir ein Glas Weißwein ins Gesicht und die Menschen um uns herum schauen mich an und sie verlässt das Palais und rennt in kleinen Schritten auf hohen Absätzen aus dem Lokal. Ein paar Pfiffe und Buhrufe kommen von den angetrunkenen Männern und Frauen und ein paar "Dann nimm' mich mit nach Hause" und "Zeig es dem Schwein, er hat es verdient" und dann drehen sich alle weg von Tina und ihr und mir und die Party nimmt ihren normalen Lauf als wäre nichts gewesen.

Ein Mann schaut mich an und sagt zu mir:

"Du solltest beide nehmen, dann hast Du das Problem nicht."

Mir fällt dazu nichts ein, also lache ich, vermutlich hat er Recht. Der Weißwein läuft mir am Kinn entlang. Tina schmiegt sich an mich wie eine Katze. Ihre Zunge leckt den Wein von meiner Wange und dann sucht ihr Mund meinen Mund.

"Jetzt nicht."

"Was ist los?"

"Ich bin nass und sie hat mich gerade verlassen."

"Willst Du mit zu mir kommen und Dich umziehen?"

"Spinnst Du?"

Ich trinke den Tequila, der vielleicht der Frau neben uns gehört, die sich von mir abgewendet hat und den Kopf schüttelt und mit ihrer Freundin über mich und Tina und die Thailänderin spricht als wären wir Fremdkörper.

Dann lasse ich Tina an der Bar stehen und den Laden hinter mir.

Draußen ist es dunkel und ich sehe viele Sachen doppelt. Auch die Ampel vor mir. Ich schaue nach rechts und links und es kommt nur ein Auto mit etwas auf dem Dach. Ich kann es nicht erkennen und es regnet. Ich setze den Fuß auf die Straße und will sie überqueren. Das Auto hält vor mir.

"Haben Sie nicht gesehen, dass die Ampel rot ist."

"Verzeihung. Ich habe Sie für ein Taxi gehalten."

"Passen Sie auf. Bei Rot über eine Ampel zu gehen ist ein Bußgeldtatbestand."

Ich lache. Es ist spät nachts und außer dem Polizeiauto sind keine Autos auf der Straße unterwegs.

"Finden Sie das lustig?"

"Entschuldigen Sie bitte. Es ist spät, ich habe etwas getrunken. Ich habe die rote Ampel nicht gesehen."

Ich muss wieder lachen. Die drei Polizisten haben Pizzen dabei. Sie schauen mich an. Ich hoffe, dass sie Wichtigeres zu tun haben, als sich mit mir und der roten Ampel zu beschäftigen.

"Passen Sie auf sich auf und bleiben Sie bei Rot stehen."

"Jawohl, Herr Offizier."

Das Fenster geht hoch und das Auto fährt an. Ich setze meinen Fuß auf den Boden und will die Straße überqueren. Das Rot der Ampel spiegelt sich in der Pfütze, die sich in der Rille der Fahrbahn bildet.

Der Rückwärtsgang hakt und dennoch kommt das Polizeiauto rückwärts auf die Kreuzung gefahren. Beinahe ist es so, als würden deutsche Polizeiautos nie rückwärtsfahren und der Fahrer wäre mit diesem Vorgang überfordert.

Das Fenster geht wieder runter.

"Haben Sie immer noch nicht gesehen, dass die Ampel rot ist?"

Ein bayerischer Akzent so dick wie in einer Komödie.

"Doch, bitte entschuldigen Sie. Ich will einfach nur nach Hause."

Dann wird die Fußgängerampel grün. Die drei Polizisten schütteln den Kopf über dumme Zivilisten wie mich, die in dieser geordneten und langweiligen Stadt leben und sich trauen, nachts bei Rot über die Kreuzung zu gehen. Ich überquere die Straße und gehe in die U-Bahnstation. Dort kaufe ich ein Ticket, fallte es an den Streifen und entwerte es an einem der Stempelautomaten vor den Rolltreppen. Dann fahre ich mit der Rolltreppe auf den U-Bahnsteig. Die Anzeige dort sagt, dass die nächste U-Bahn am nächsten Morgen fahren wird. In München ist die Nacht um eins zu Ende und die Menschen sind zu Hause.

Die Rolltreppe nach oben ist abgeschaltet und ich frage mich, warum die nach unten läuft, wenn doch keine U-Bahn mehr fährt. Ich laufe die Treppe nach oben. Oben reibe ich mir meine Augen, bevor ich die Straße an der Ampel überquere und mich auf die Suche nach einem Taxi begebe.

FÜNF

Die Türen des Aufzugs gehen auf und ich sehe sie von Weitem. Sie sitzt am Boden vor meiner Tür. Schuhe neben ihr. Nackte Füße. Die Tränen haben ihr Mascara und ihren Eyeliner verwüstet. Sie sieht aus wie ein trauriger Clown. Aus ihrer Nase läuft Rotz und in ihrer Hand hält sie ein Taschentuch. Ich gehe an ihr vorbei und schließe meine Wohnungstür auf.

"Warum hast Du das gemacht?"

"Was?"

"Mit dieser blonden Frau?"

"Ich habe gar nichts mit ihr gemacht. Sie ist meine beste Freundin. Und wenn Du bei mir bleiben würdest, dann könnte ich Dich auch meinen Freunden vorstellen. Aber andere Männer interessieren Dich mehr."

"Ich kenne viele von ihnen."

"Sag das den Visitenkarten in Deiner Handtasche."

Sie folgt mir nackten Fußes in die Wohnung, ohne dass ich sie dazu einlade. Dies wäre der richtige Zeitpunkt gewesen, mit ihr Schluss zu machen und sie nie wieder zu sehen, und vor allem, sie nie wieder in mein Apartment zu lassen. Aber das weiß ich zu diesem Zeitpunkt nicht.

Sie leert ihre Handtasche auf meinem Bett aus und wirft die Visitenkarten in den Mülleimer unter meinem Schreibtisch.

"Da, siehst Du, so wenig bedeuten sie mir."

Ich mache eine Flasche Rotwein auf und schenke zwei Gläser ein. Sie nimmt eines und trinkt und ich auch. Ich trinke meins aus und schenke nach. Dann küsse ich sie und drücke sie an mich. Meine Hand wandert unter ihre Hose. Die Hose ist unten weit und könnte aus den 60er Jahren sein und steht ihr sehr gut. Darunter trägt sie einen G-String und ihre Pobacken links und rechts neben dem Streifen Stoff, der so dünn ist wie Zahnseide, sind kühl. Ihr Po fühlt sich so gut an, dass ich den Abend vergessen und nur noch sie haben will. Ihr Po heilt alles. Zumindest glaube ich das an diesem Abend.

Mein Glaube an ihren Po ist mein Fehler.

Ich halte sie in meinen Händen und es fällt mir schwer, meine Hand von ihr zu nehmen.

"Lass uns den Abend vergessen."

"Okay."

"Ich habe keine Frauen angesprochen. Ich habe mich auch nicht von Frauen ansprechen lassen."

"Und was ist mit der Blondine? Alle Männer lieben Blondinen."

"Tina ist eine sehr gute Freundin. Du musst sie kennenlernen."

Ich weiß, dass das keine gute Idee ist. Sie werden sich hassen. Es wird Krieg geben. Ich werde das Opfer sein.

"Du wirst sie mögen. Sie ist ein Münchner Kindl und kennt sich im Nightlife gut aus. Wir machen oft Party zusammen."

"Hast Du mit ihr geschlafen?"

Ihre Nase mag klein sein und aus Plastik, aber sie hat den richtigen Riecher.

"Hast Du?"

"Es war vor Deiner Zeit."

"Ich will nicht, dass Du sie triffst."

"Wie bitte?"

"Triff sie nicht mehr, wenn Du mich liebst."

"Schatz, es war vor Deiner Zeit. Nichts Ernstes."

"Ich will nicht, dass Du sie triffst."

"Und ich will nicht, dass Du im gleichen Bett wie Dein Mann schläfst."

Sie schaut mich an und Tränen laufen aus ihren Augen und Rotz aus ihrer Nase. Ich gebe ihr ein neues Taschentuch und trinke mein Glas aus. Sie heult wie ein Kind.

"Ich kann nicht mehr. Komm', ich zeige Dir etwas."

Ich nehme die Flasche Wein und ihre Hand und den Aufzug nach oben. Wir laufen ein paar Stufen auf das Dach des preisgekrönten Hauses aus dem Bauboom der Zeit um die Olympiade. Der Geruch von Chlor kommt uns entgegen. Ich mache die Tür auf und vor uns liegen die Lichter der Stadt. Der Pool ist auf 28° beheizt und blau beleuchtet. Eine Lampe blinkt rot und warnt die Flugzeuge.

"Willst Du reinspringen?"

"Nur wenn Du mitkommst."

Ich ziehe mich aus und springe nackt in den Pool. Sie wirft ihre Kleidung auf eine Bank und geht langsam die Treppe hinunter in das Wasser. Sie schwimmt zu mir. Wir küssen uns und ihre Hand findet mich unter Wasser und sie langt mich an wie nur sie mich anlangt und ich werde hart und wir tun es im Pool. Sie lehnt sich mit ihrem Rücken an den Rand des Pools und spreizt ihre Arme und ihre Beine. Sie ist offen vor mir und streckt mir ihre Brüste entgegen. Ich finde den Weg in sie. Das Erlebnis ist der Ritt auf der besten Droge. Dann wird uns kalt und wir verlassen den Pool und trocknen uns mit unseren Kleidern ab, ziehen die nassen Klamotten an und fahren mit dem Aufzug in mein Stockwerk.

"Ich habe kein Make-up dabei."

"Du hast gesagt, Dein Mann schläft."

"Manchmal kann er nicht schlafen und dann macht er mir die Tür auf, wenn er den Schlüssel im Schloss hört."

"Soll ich Tina fragen?"

"Spinnst Du?"

"Sie hat alles Mögliche an Make-up."

"Ich will sie nicht treffen. Deine blöde Blondine."

"Sie ist weder meine, noch blöd."

"Deine blöden Frauen. Du kannst Dich einfach nicht entscheiden, oder?"

Das Erlebnis mit ihr ist wie mit einer Sirene und sie bringt mich um meinen Verstand und dem Wahnsinn ein Stück näher.

"Vergiss' es. Ich werde sie nicht mehr treffen. Bist Du nun glücklich?"

"Versprich es mir."

"Ich verspreche es Dir."

Ich verspreche es ihr, ohne zu wissen, wie ich Tina erklären soll, dass ich sie nicht mehr treffen kann.

SECHS

Nach der Sommerpause geht der Kampfsport wieder los. Jeden Dienstag- und Donnerstagabend. Die Veranstaltung ist mir heilig, es geht um den Körper und den Geist: Pencak Silat, die Seele des Garuda.

Melanie, meine Indonesischlehrerin an der LMU, hat mir Bapak Andri vorgestellt. Bapak Andri ist Vorsitzender des indonesisch-deutschen Kulturvereins. Er organisiert den Kampfsport. Er ist Meister in Pencak Silat.

An den beiden Abenden in einem Hinterhof im Glockenbachviertel versammelt er eine Mischung aus Deutschen, die Indonesien lieben und Indonesiern, die Deutschland lieben. Die drei Stunden sind die beste Tortur, die es gibt. Wir machen uns eine Stunde warm, eine Stunde Trockenübungen und eine Stunde Kampf, eins gegen eins. Kein Muskel bleibt verschont. Die drei Stunden säubern meinen Kopf, meine Poren und stärken meinen Rücken. Sie sind Balsam für meine Seele.

An diesem Abend ist eine Indonesierin neu dabei. Bapak Andri stellt uns Linda aus Jakarta vor, die ein Stipendium für einen PhD hat und für ein Jahr nach München kommt. Nach der Session bittet mich Bapak Andri, ihr unter die Arme zu greifen.

Linda ist eine schöne, zierliche und intelligente Frau. Ich habe nichts dagegen, mich um sie zu kümmern.

"Kannst Du Linda nach Hause fahren?" sagt Bapak Andri zu mir.

"Sicher doch," sage ich auf Indonesisch.

"Wo wohnst Du, Linda?"

Linda wohnt nicht weit weg von mir.

"Du sprichst gut Indonesisch," sagt Linda auf Indonesisch zu mir.

"Bestimmt nicht, ich kann fast nur Smalltalk."

Dann erzähle ich von meiner Doktorarbeit. Linda ist begeistert. Im Auto mache ich das Schiebedach auf und zünde eine kleine Zigarre an. Der Duft des Tabaks zieht durch das Schiebedach nach draußen. Körper und Geist sind gereinigt und ich bin ausgeglichen und ruhig. Die Stadt gleitet dunkel und leer an uns vorbei. Linda sitzt neben mir und wir sprechen über Jakarta und Indonesien und wie ich das Land vermisse und das Essen und das Wetter.

Und die Frauen.

Aber das sage ich ihr nicht.

"Du bist nicht wie ein Deutscher," sagt sie, als wir durch München fahren, auf einsamen Straßen, von roter Ampel zu roter Ampel.

"Ich glaube, ich war in meinem Leben vorher ein Indonesier."

"Magst Du Kretek-Zigaretten?"

"Ich liebe Kretek-Zigaretten."

"Ich habe welche mitgebracht."

"Rauchst Du?"

"Nein."

"Warum hast Du sie mitgebracht?"

"Vielleicht wusste ich, dass ich einen Deutschen treffen werde, der einmal Indonesier war."

Sie lächelt mich an und ich erzähle ihr von *meinem* Jakarta.

In der Nähe des Harras steht sie unter einer Laterne am Taxistand und wartet auf mich. Ich öffne die Zentralveriegelung mit dem Knopf auf dem Armaturenbrett. Durch die Windschutzscheibe sieht sie Linda neben mir sitzen und ihr Gesicht will ihren Unmut nicht verbergen. Das diabolische Rot in ihren Augen ist wieder da.

"Schatz, das ist Linda, aus Jakarta. Linda, das ist meine Freundin."

Die beiden Frauen schauen sich an und zwingen ein Lächeln auf ihre Lippen.

"Linda, kannst Du Dich nach hinten setzen?"

Linda setzt sich auf die Rückbank und sie steigt vorne ein. Dann lehnt sie sich über die Mittelarmlehne und küsst mich, so dass Linda alles sieht.

"Du stinkst."

"Ich muss duschen."

"Ich dusche mit Dir."

Ich lächle sie an und sie legt ihre Hand auf meinen Oberschenkel. Sie lässt ihre Hand die gesamte Fahrt dort liegen. Linda sitzt hinter ihr und schweigt und im Rückspiegel kreuzen sich unsere Blicke und dann schaut Linda nach draußen. München ist kalt und einsam.

Wir kommen bei Linda's Wohnung an, sie steigt aus und klappt den Sitz nach vorne und Linda klettert aus dem Auto. Ich öffne den Kofferraumdeckel und nehme Linda's Tasche heraus und sage auf Indonesisch zu ihr:

"Es hat mich sehr gefreut, Dich kennen zu lernen. Sehen wir uns wieder?"

"Ich freue mich, Dich wiederzusehen."

"Du hast meine Nummer. Schreib' mir und wir treffen uns."

Linda nickt und sagt auf Englisch zu ihr, dass es sie gefreut hat, sie zu treffen. Sie zwingt sich ein Lachen auf die Lippen und steigt in das Auto.

"Servus, Linda," sage ich zu ihr.

"Du musst mir Deutsch beibringen," sagt Linda zu mir auf Indonesisch. Ich lache:

"Pasti dong."

Auf jeden Fall.

Sie lacht zurück und wir wünschen uns eine gute Nacht. Ich steige in den BMW und sie schaut mich böse an.

"Was war das? Was hast Du auf Indonesisch zu ihr gesagt? Und warum war sie bei Dir im Auto?"

"Linda ist eine PhD-Studentin. Neu in der Stadt. Bapak Andri hat mich gebeten, mich um sie zu kümmern. Sie wohnt nicht weit weg von mir."

"Ich mag das nicht und sie nicht. Und ich mag es nicht, wenn Du Indonesisch sprichst."

Ich setze den Blinker und fahre los. Die Entspannung des Kampfsports verlässt meine Schultern.

"Du brauchst Dir keine Gedanken zu machen. Wir sind zusammen."

"Immer Du und Indonesien und Deine Indonesierinnen."

Sie ist wütend und spricht es "Indonesielinnen" aus.

"Ich freue mich auf Dich und die Nacht mit Dir. Müssen wir jetzt streiten? Linda ist nichts im Vergleich zu Dir. Was hast Du die ganze Zeit?"

"Zuerst Tina. Jetzt Linda."

Sie schmollt wie ein kleines Kind. Das Rot in ihren Augen ist bedrohlich, wenn wir zusammen alleine sind.

Ich zünde die Zigarre wieder an und der Qualm bleibt an der Ampel im Auto hängen. Die Ampel wird grün und ich fahre an. Der Qualm zieht nach oben durch das Schiebedach ab. Wir schweigen den Rest der Fahrt und ich bin müde und hungrig. Erst als ich das Tor zur Tiefgarage mit der Fernbedienung aufmache, spricht sie wieder.

"Ich muss nach Basel fahren."

"Warum nach Basel?"

"Meine Freundin Som wohnt da."

"Was macht Som?"

"Ihr Mann arbeitet in Basel."

"Für?"

"Eine Chemiefirma."

"Und woher kennt Ihr Euch?"

"Aus Bangkok."

"Und woher genau?"

"Über die deutsche Botschaft."

"Und Dein Mann kennt ihren Mann?"

"Vielleicht ein bisschen. Aber Som will sich scheiden lassen."

"So wie Du?"

"Ich weiß nicht. Willst Du es?"

Ich nicke, ohne zu wissen, was das bedeutet.

"Verlass' Deinen Mann."

"Und dann?"

"Ich muss meinen PhD fertig machen. Und einen Job finden."

"Und?"

"Ich will nach Asien."

"Wohin?"

"Jakarta. Oder Kuala Lumpur. Vielleicht Singapur. Aber ich mag das sterile Asien nicht."

"Du mit Deinem dummen Indonesien."

"Ich nehme Dich mit. Und das ist es, was ich studiere, und die Sprache, die ich spreche."

"Warum nicht Bangkok?"

"Gerne auch Bangkok. Ich gehe überall hin, wenn der Job passt."

Pause.

"Wie viel Geld hat Dein Mann? Wenn Du Dich scheiden lässt. Können wir davon leben?"

"250.000 DM. Und die Wohnung. Und das Auto."

"Das ist eine ganze Menge für einen Beamten."

SIEBEN

Aus dem Autoradio singt die Stimme eines Mannes und erzählt von seiner Liebe zu einer Frau. Sie dreht das Radio auf und summt zur Musik. Es ist der Hit des Sommers und im Herbst bringt der Song die Erinnerung an die heißen Tage und den blauen Himmel zurück. Ihr nackter Fuß bewegt sich im Takt des Liedes. Wir fahren die Lindwurmstraße in Richtung Harras. Der Verkehr ist dicht, die Wiesn hat begonnen und viele Menschen strömen in Richtung Theresienwiese.

"Wann gehen wir auf die Wiesn?"

"Wann willst Du?"

"Ich gehe morgen mit meinem Mann. Die haben einen Tisch reserviert und bringen ihre Frauen mit."

Ich setze sie beim Taxistand am Harras ab. Sie geht die wenigen Meter zu ihrer Wohnung zu Fuß. So kann ihr Mann nicht sehen, dass sie nicht von der U-Bahn kommt. Es ist der gleiche Weg wie von der U-Bahnstation, und würde er aus dem Fenster schauen, würde er mein Auto nicht sehen. Das hat sie mir erklärt, als hätte sie Übung darin.

Am nächsten Tag sehen wir uns nicht. Es ist das erste Mal seitdem wir uns kennengelernt haben. Der Tag fühlt sich amputiert an und der etablierte Rhythmus der letzten Monate ist zerstört. Ich habe den ganzen Tag und die ganze Nacht für mich.

Eifersucht und Sehnsucht sind Diebe und stehlen mir Verstand und Schlaf. Sie ist auf der Wiesn mit ihrem Mann. Ich fühle mich betrogen, hintergangen und verraten. Zum ersten Mal bin ich wütend auf sie. Wütend weil sie im Dirndl neben ihrem Mann und seinen Kollegen und Freunden auf der Wiesn tanzt und trinkt und isst und sie für heute mein Leben verlassen hat und in ein anderes Leben eingetaucht ist - ein Leben, das nur ihr gehört und zu dem ich keinen Zugang habe. Ich würde ihr gerne genauso weh tun, wie sie mir weh tut. Aber ich will keine andere Frau, ich will sie. Sie verzaubert mich und gibt mir das, was ich brauche.

Als ich Tina traf, ein paar Tage nachdem das mit ihr losgegangen war, hat sie mir ins Gesicht geschaut - wir waren am Königsplatz gesessen und hatten Kaffee dabei und gegenseitig unsere Texte gelesen - hat sie zu mir gesagt: "Du siehst richtig durchgefickt aus." Und ich hatte genickt und gelächelt und Tina wusste, in was für einer Beziehung ich war.

ACHT

Nach der Episode mit der Wiesn lieben wir uns intensiver und lauter als davor. Sie macht sich an mir so zu schaffen, dass ich einen Bluterguss von ihrem Mund auf meinem Organ habe. Wir tun es im Auto, in der Wohnung, unter der Dusche, im Englischen Garten, im Aufzug.

Ich kann oft und direkt hintereinander und sie hat viele schmutzige Gedanken. Sie sagt zu mir:

"You are like a good carpenter: no wood gets wasted."

Dann hat sie dieses fiese Grinsen in ihrem Gesicht und ich traue ihr alles zu. Einmal beobachtet uns ein Spaziergänger im Englischen Garten. Sie hat die Idee, dass sie es ihm auch besorgen will, wenn er nur besser aussehen würde.

In der Fußgängerzone gehen wir zu Mango und diesen Ketten und sie nimmt ein paar Teile mit in die Umkleide und dann zieht sie sich aus und besorgt es mir in der Umkleide. Sie kauft nichts und wir gehen verschwitzt und befriedigt aus den Kabinen und legen die Kleidung zurück. Jedes Mal, wenn wir an einer Mango-Filiale vorbeilaufen, erklärt sie mir, dass Mango aus Spanien kommt. Ich weiß nicht, wieso das wichtig ist und warum sie mir das erzählt. Unsere Beziehung wird hemmungslos und verrückt und wir reden über die Trennung von ihrem Mann.

Wir treffen uns zum Lunch im Kare Store in der Sendlingerstraße. Dort gibt es asiatische Möbel und ein asiatisches Restaurant und sie haben Espresso für eine DM und Sekt mit einer Kirsche drinnen. Die Location ist zu unserem Stammladen geworden, sie ist exotisch und asiatisch und nicht so langweilig wie die anderen Locations. Wir stöbern durch die Einrichtung und ich träume von Asien. Sie lässt die Bombe platzen.

"Ich fahre mit meinem Mann in den Urlaub."

"Wie bitte?"

"Er hat mich damit überrascht."

"Wohin?"

"Mallorca."

"Wie lange?"

"Zehn Tage."

"Du hast mir nie erzählt, dass Du mit ihm wegfahren willst. Ich dachte, Du wolltest ihn verlassen."

"Wir fahren mit seinen Freunden. Drei Pärchen. Und feiern meinen Geburtstag."

Die Nachricht sitzt tief und trifft meinen Solarplexus. Sie wird sich mit ihrem Mann ein Hotelzimmer teilen und so tun, als wäre sie glücklich mit ihm und als wären sie und ich nie passiert. Es fühlt sich so an, als betrügt sie mich mit ihrem Mann. An ihrem Geburtstag.

"Wann willst Du Deinem Mann von uns erzählen?"

Sie kaut und trinkt und nimmt sich Zeit. Ente auf Reis mit Erdnusssauce, beinahe schon ein Klischee. Ich will ihr nicht sagen, dass Erdnusssauce aus Indonesien kommt. Der Rest der Küche ist ebenso Klischee und hat nichts mit Asien zu tun.

"Das ist keine gute Idee. Er kann alles über Dich in Erfahrung bringen und uns kaputt machen. Je länger wir es im Geheimen machen, desto besser."

"Ernsthaft?"

Sie schaut mich an und ihr laufen Tränen aus den Augen und Rotz aus ihrer Nase. Ihr Gesicht formt sich um das Plastik in ihrer Nase in eine traurige Fratze.

"Wir leben in einem Rechtsstaat. Er kann nicht machen, was er will."

"Das ist sein Job."

Zu diesem Zeitpunkt glaube ich nicht, dass Arne Kucholski fähig ist, das zu tun, was er später tun wird. Sie schätzt ihren Mann richtig ein, ohne dass ich es ihr zutraue. Sie weint und ich würde ihr gerne ins Gesicht schlagen. Sie ist naiv wie ein kleines Mädchen. Nein, naiver. Sie ist eine gestandene Frau, und sie ist dumm.

"Hast Du Angst vor ihm?"

Sie nickt.

Dann ist sie weg und lässt mich alleine zurück. Sie schreibt mir nur wenige SMS und ich muss mehrere Stunden auf ihre Antworten warten. Sie sagt, sie muss es unauffällig tun, damit ihr Mann es nicht mitbekommt. Das Warten zermürbt mich. Sie schafft es nur an zwei Abenden mich anzurufen. Es sind kurze Telefonate, in denen wir uns sagen, dass wir uns lieben und uns vermissen, und ich habe das Gefühl, dass sie mit mir genauso spielt wie mit ihrem Mann und dass ihre Worte nichts sind als Lügen.

Einmal erzählt sie mir von Fotos im Bikini am Pool. Ich weiß nicht, wer die Fotos mit den eindeutigen Posen aufnimmt, aber ihre Erzählung und die Vorstellung von ihr im Pool im Bikini zerreißen mich. Sie sagt, der Hotelmanager habe sie des Pools verwiesen, weil der Bikini zu knapp war und sich die anderen Gäste beschwerten. Ich habe eine schmerzhafte Erektion, als ich mir sie im Bikini am Pool vorstelle. Ihre Worte bevölkern meinen Geist wie Kolonialisten - sie töten alles, was sich ihnen in den Weg stellt. Ich befriedige mich selbst und es bringt mir keine Befriedigung. Ich bin sofort wieder hart und will in ihrem Mund sein und ihren Körper auf meinem Körper spüren und sie so bevölkern, wie es ihre Worte mit mir tun. Ich vermisse ihren Geruch und ihren Geschmack auf meiner Zunge. Ich will sehen wie sie kommt und ihr Körper in Ekstase verfällt, wenn meine Zunge in ihr ist und mit ihr spielt und ich dies mache bis sie zittert und wir Takeout bestellen müssen, weil wir keine Kraft zum Kochen haben.

Ich schreibe ihr zurück und bin empört. Warum trägt sie keinen normalen Bikini, wenn sie mit ihrem Mann zusammen ist? Ich schreibe ihr, dass dieser Bikini nur etwas für mich ist und nicht für die anderen Männer und ihren Mann und die Spanner am Pool und warum sie den Bikini nicht mit in meine Wohnung gebracht hat. Sie antwortet, dass der Bikini neu ist und dieser Spanier aus dem Hotel mit ihr flirtet und sie abends mit den anderen Frauen einen Mädelsabend macht, während die Männer einen Männerabend machen und wir telefonieren, als sie ohne ihren Mann durch das Nachtleben zieht.

"Warum machst Du das?"

"Ich bin im Urlaub mit meinem Mann."

"Hast Du mit ihm geschlafen?"

Sie zögert. Wenn wir zusammen gewesen wären, dann hätte sie mir nicht in die Augen schauen können.

"Hast Du?"

Sie fängt an zu weinen.

"Er ist gut zu mir. Er liebt mich. Was soll ich machen?"

"Du bist eine Schlampe. Du hast mir gesagt, dass Du ihn nicht mehr liebst. Warum schläfst Du mit ihm?"

"Ich liebe ihn nicht. Ich liebe Dich."

"Warum schläfst Du mit ihm?"

Ich höre Menschen im Hintergrund. Musik. Glückliche Stimmen.

"Hast Du ihn gelutscht? Benutzt Du ein Kondom mit ihm?"

Ihr Weinen wird lauter und sie antwortet nicht und irgendwann schreie ich sie an, dass ich sie liebe und warum sie mir weh tut.

Dann legt sie auf.

Ich rufe zurück.

Zuerst geht sie nicht ran, dann ist das Telefon aus. Ich erreiche sie nicht und mir geht es schlecht. Meine Eifersucht ist tödlich und Bilder von ihr mit anderen Männern brennen sich in meine Retina, als würde ich ihnen zusehen. Und dass sie mit den anderen so schnell ins Bett geht wie mit mir und dass das, was ich mit ihr habe, vielleicht nur ein schlechter Traum ist. Dann habe ich das Gefühl Spielzeug für eine ältere Asiatin zu sein: Sie benutzt mich und hält sich einen jüngeren Mann zum Spaß und spielt mit meinen Gefühlen, sie nutzt meine Sucht nach ihr aus und sie wird ihren Mann nie für mich verlassen und alles, was sie sagt, ist eine Lüge. Ich trinke zu viel und schließe mit ihr ab. Ich will nicht alleine sein, während sie auch nicht alleine ist und weiß Gott etwas treibt mit ihrem Mann oder einem Spanier auf der Herrentoilette, so wie sie es mit mir an einem Schnitzelabend im Alten Simpl getan hat.

Ich frage Linda, ob sie Lust hat, mit mir über die Wiesn zu gehen. Linda freut sich und wir treffen uns am Marienplatz und fahren mit einer viel zu vollen U-Bahn zur Wiesn. Es ist Linda's erstes Mal auf der Wiesn und es ist einer dieser Tage mit Kaiserwetter und es wird noch einmal richtig warm. Linda ist attraktiv und viel konservativer als sie und ich versuche sie zu vergessen. Das ist schwierig, weil ich sie vermisse und weil ich alles dafür tun würde, mit ihr zusammen zu sein und nicht mit Linda. Wir laufen über die Wiesn, vorbei an vollen Zelten und dem Riesenrad und es ist unnatürlich warm und irgendwann nehme ich ihre Hand und sie lässt mich ihre Hand nehmen und sie nimmt meine Hand.
"Was ist mit ihr?"
Wir sprechen Indonesisch miteinander.
"Sie ist verheiratet."
Ich weiß nicht, ob ihr das als Antwort reicht, aber sie lässt meine Hand nicht los. Wir teilen uns eine Maß Bier, die wir nicht austrinken und essen Steckerlfisch. Später nehme ich sie mit auf das Dach

meines Hochhauses. Sie lässt sich von mir führen. An diesem Tag sind die Berge zu sehen, von Berchtesgaden bis zum Bodensee. Wie ein Idiot erkläre ich ihr was der Föhn ist und welcher Berg die Zugspitze und sie weiß, dass dies der höchste Berg in Deutschland aber nicht in den Alpen ist und ich komme mir dabei dumm vor. Ich halte ihre Hand und sie hält meine Hand und dann findet mein Mund den Mund von Linda und wir küssen uns. Zuerst einmal. Zaghaft, beinahe vorsichtig. Sie nimmt ihren Kopf zurück, sieht mir in die Augen, dann küsst sie mich lange. Sie ist schüchtern und anders als die Thailänderin. Sie weiß nicht, was sie tut und sie wartet auf mich und lässt sich von mir führen. Ich habe ein leichtes Spiel: Es ist wie Elfmeterschießen ohne Torwart. Als sie Luft holt sagt sie:

"Ich habe gedacht, Du küßt mich nie."

Wir gehen runter in mein Studio und ziehen uns aus und schlafen miteinander.

Der Sex ist anders. Linda ist passiv und bläst nicht und will nicht, dass ich sie mit meinem Mund befriedige, obwohl ich ihr sage, dass ich es will und es gerne mache. Linda besteht auf ein Kondom und zum Glück habe ich noch welche, weil ich mit der Thailänderin nie ein Kondom benutze und weil ich Kondome nicht mag. Sie riechen komisch und zerstören das Gefühl. Linda zieht es mir nicht auf und ich muss es selber machen. Sie wartet während ich es mache und schaut zu. Ich sehe sie an. Ihr Körper ist okay, aber er verführt mich nicht. Die ganze Episode ist technisch und emotionslos. Mit dem Kondom erlaubt sie mir, in ihr zu kommen und sie befriedigt mich nicht und ich weiß nicht, ob sie es ist.

Ich frage sie nicht.

Wir sind fertig, Linda steht auf und geht ins Bad und duscht, aber nur den unteren Teil ihres Körpers, als müsse sie unseren Akt von sich waschen. Dann sucht sie in meinem Schrank nach einem frischen Handtuch, als wäre mein gebrauchtes Badetuch nicht gut genug für sie. Sie sieht die Klamotten von ihr in meinem Schrank.

"Wohnt ihr zusammen?"

"Nein."

Linda schüttelt den Kopf und ich kann ihren Gesichtsausdruck nicht lesen.

Ich höre nichts aus Mallorca und weiß nicht, wann sie wieder zurückkommt. Oder ob sie schon da ist. Ich will das Drama vermeiden und zur Sicherheit tun es Linda und ich in den nächsten Tagen in Linda's Wohnung, die sie sich mit einer anderen Indonesierin teilt. Irgendwie finde ich das billig und das hat einen Einfluss auf meine Gefühle und der Sex mit ihr wird nicht besser. In ihrer WG fühle ich mich als Fremdkörper. Sie ist nicht laut, weil sie sich schämt für das, was wir tun, und die Thailänderin kennt keine Scham und ist immer laut. Ich tue es mit Linda, um der Thai zu zeigen, dass wenn sie es mit ihrem Mann tun kann, dann kann ich es auch mit einer anderen Frau tun. Auch wenn ich es ihr nie sagen werde.

NEUN

Nach einer Ewigkeit ruft sie an.
"Ich bin wieder da."
Ich schweige.
"Können wir uns treffen?"
Wir treffen uns im Kare. Wir sitzen in einer ruhigen Ecke und sie hat Augen wie ein Goldfisch und ich weiß nicht, wer vor mir sitzt. Sie ist verändert.
"Du hast mir weh getan. Ich kann Dir nicht mehr vertrauen."
"Es tut mir leid. Ich wollte Dir nicht weh tun, Schatzi."
"Warum bist Du nicht rangegangen? Warum hast Du Dein Telefon ausgeschaltet?"
"Die anderen Frauen haben mich weinen gesehen. Ich musste Dich ausblenden."
"Ausblenden? Was bin ich? Was sind wir?"
"Ich liebe Dich."
Ich schaue sie an und sage nichts.
"Liebst Du mich nicht mehr?"
Sie spricht es aus wie "libbst."
"Du hast mir sehr weh getan. Ich habe Dir von meiner früheren Beziehung erzählt. Ich will keine Schmerzen mehr. Ich leide darunter, kann nichts essen und auch nicht an meiner Doktorarbeit schreiben."
Sie schaut mich an wie ein Reh und ihre Augen lassen mich schwach werden und sie, die ich immer wollte, sitzt vor mir und es ist unmöglich, ihr zu

widerstehen. Schließlich gebe ich meiner Sucht nach. Das, was sie mit mir macht, wenn sie mir nicht weh tut, fühlt sich zu gut an.

Wir fahren in meine Wohnung und mir sticht saure Panik in den Magen, weil ich nicht mehr weiß ob Linda im Bad etwas zurückgelassen hat oder ob ich den Mülleimer mit den Kondomen ausgeleert habe oder ob das Bett nach Linda riecht. Ich habe die Bettwäsche nicht gewechselt. Ich weiß, dass ich aus dieser Nummer nicht rauskomme. Sie wird am Bett riechen, egal ob ich frische Bettwäsche habe oder nicht. Und wenn ich frische Bettwäsche habe, wird sie mich fragen, warum und ob ich ihren Geruch vergessen will.

Gottseidank hat Linda keine Spuren hinterlassen. Die Episode in meiner Wohnung liegt ein paar Tage zurück und wenn es einen Geruch gibt, dann ist dieser verflogen. Und Linda verwendet kaum Make-up und daher müssten die Kissen sauber sein. Das hoffe ich und weiß es nicht.

Der Sex ist so als hängt unser Leben davon ab, als würde jemand unsere Performance messen um dann zu entscheiden, ob wir weiterleben dürfen oder nicht. Zum ersten Mal fessele ich sie und verbinde ihr die Augen und nehme mir Zeit, sie mit meinen Fingern, meiner Zunge und meinem Organ zu penetrieren und lasse sie an allem schmecken und sage ihr wie sehr ich sie hasse für das, was sie mir angetan hat und dass ich es ihr zurückzahlen werde. Ich sage ihr, dass ich sie liebe und dass ich sie süchtig nach Sex mit mir machen werde und sie nie mehr ohne mich befriedigt sein werden kann und sie stöhnt und kommt und ihr Körper zittert und ihre Beine werden schwächer und ich trinke etwas und esse eine Kleinigkeit und ich lasse sie gefesselt mit den Armen über ihrem Kopf auf meinem Bett liegen und stopfe ihre Unterwäsche in ihren Mund als sie anfängt sich zu beschweren. Dann sage ich ihr, dass andere Männer sie ohne Kondom benutzen werden während sie gefesselt auf meinem Bett liegt und ihr Mann auch und dass ich zuschauen werde und dann gebe ich es ihr hart und sie kommt und grunzt wie ein Tier und zittert und erst viel später befreie ich sie und sie ist verschwitzt und glücklich und sie sagt mir mit glasigen Augen:

"Du warst so gut wie nie zuvor."

"Gefällt Dir das mit den Männern?"

Sie liegt vor mir und nickt, schmutzig.

Ich bin wieder hart und wir tun es und irgendwann sind wir beide zu schwach und schlafen ein, bevor sie sagt, dass sie gleich los muss.

Diesmal duscht sie, bevor sie die Wohnung verlässt.

ZEHN

Weihnachtszeit.

Der erste Schnee fällt und die Stadt ist ungemütlich und nass und grau und es wird nie hell. Es sind diese Tage, warum ich nach Indonesien will, diese Tage hier und die Frauen dort.

"Ich würde Dich gerne an Heilig Abend mit zu meinen Eltern nehmen."

Mein Satz löst keine Begeisterung aus.

"Weihnachten ist super wichtig in meiner Familie. Und für mich auch. Ich will an Weihnachten auf keinen Fall alleine sein."

"Nicht nur in Deiner."

"Was meinst Du?"

"Mein Mann will mich mit zu seinen Eltern nehmen."

"Ich dachte, nach Mallorca haben wir das gemeinsame Verreisen von Deinem Mann und Dir begraben."

Ihr Blick ist anders und aus Stahl und belehrt mich eines besseren.

"Wo wohnen seine Eltern?"

"Bielefeld."

Meine Stimmung fällt in den Keller und ich bin enttäuscht und wütend. Ich habe sie für Heiligabend eingeplant und meinen Eltern angekündigt.

"Und Silvester?"

"Mein Mann will am 26. nach Thailand fliegen."

"Dein Mann? Und Du?"

"Er will meine Eltern treffen."

Mein Schweigen trifft sie wie eine Fliegenklatsche. Dann schlägt sie mir ins Gesicht:

"Mit mir."

ELF

"Was machst Du an Weihnachten?"

Linda ist Christin und ihre Familie kommt aus Manado und für sie ist Weihnachten nicht nur ein Fest für die Familie, sondern auch für die Kirche. Wir sprechen Indonesisch miteinander. Ein wenig blüht dabei mein Herz auf. Ihres auch.

"Bist Du nicht traurig, an Weihnachten alleine im kalten München zu sein?"

"Ich habe ja Dich."

"Und was willst Du machen?"

"Ich weiß nicht. Was machst Du?"

"Willst Du an Heilig Abend mit zu meinen Eltern kommen?"

"Das ist eine Ehre. Aber ich weiß nicht."

"Kein Stress. Nicht wegen uns, sondern wegen Heilig Abend. Ich kann Dich ja nicht alleine lassen. Bapak Andri hat mich darum gebeten."

Sie lacht.

"Du bist eine Kulturbrücke."

Wir küssen uns.

"Guilty. As charged."

"Und wo ist sie?"

"Bei ihrem Mann."

Ich überlege, ob ich es sagen soll. Dann sage ich es ihr:

"Es ist vorbei."

"Das tut mir leid."

"Das braucht Dir nicht leid zu tun. Sie ist verheiratet. Auch wenn sie es mir viel zu spät gesagt hat."

"Aber jetzt hast Du mich. Und das ist gut. Auch wenn ich nie Deutsch lernen werde, weil Du mich immer zwingst, Dein Indonesisch zu verbessern."

"Ich kann Dir ein paar Dinge im Bereich der Körpersprache beibringen."

An diesem Abend lässt Linda meine Zunge in sie und sie ist rasiert und glatt und sauber und schmeckt nach Kirsche.

ZWÖLF

Heiligabend ist eine verkorkste Veranstaltung. Es ist meine Schuld. Ich hatte die Thai angekündigt und bin mit Linda gekommen. Meine Mutter war verwirrt und mein Vater sah mich komisch an und es war der erste Heiligabend an dem ich nach der Bescherung wieder weggefahren bin. Meine Mutter sah mich schief an und ich glaube, Linda tat ihr leid und meine Eltern wussten, dass irgendetwas bei mir nicht in Ordnung ist, weil Linda und ich nicht klick machen und sogar ich merke es und ich weiß nicht warum ich nicht alleine zu meinen Eltern fahren wollte und warum unbedingt eine Frau dabei sein muß, aber ich wollte ihr zeigen, dass eine andere Frau mit zu meinen Eltern fahren kann wenn sie zu ihren Schwiegereltern fährt.

Auch wenn das eigentlich ihr Platz am Kamin ist und nicht der von Linda. Meine Mutter ist sehr clever und sie hat all das gemerkt auch wenn sie es nicht wissen konnte weil ich meinen Eltern zwar von ihr erzählt habe, aber natürlich nicht, dass sie verheiratet ist und elf Jahre älter und dass alles zum Scheitern verurteilt ist und alle es sehen nur ich nicht weil ich verliebt bin und weil ich zum ersten Mal in meinem Leben mehr Sex habe als ich es mir vorstellen konnte. Und weil das nichts ist, was ich mit meinen Eltern bespreche. Oder was irgendjemand mit seinen Eltern bespricht. Und weil der Sex besser ist als in jedem Pornofilm und weil Pornofilme ein seichter Abklatsch sind von dem, was sie mir jeden Tag gibt. Sex mit ihr ist wie das Paradies und ich frage mich ob ich zu viel Sex haben kann, und wenn ja, ob das Luxus oder Dekadenz ist oder wie ich Sex im Überfluss zähle?

Die Thai ist verrückter nach Sex als ich und sie ist krank in ihrem Bedürfnis, zu befriedigen und befriedigt zu werden. Ich drehe mich nach keiner anderen Frau um, weil andere Reize mich nicht interessieren. Weil neben ihr alle anderen Frauen wie Nonnen wirken.

Ich bin süchtig nach ihr und am Heiligabend auf Entzug.

So fühle ich mich.

Ich vermisse sie und ihre Abwesenheit zerreißt mein Herz.

Nach der Bescherung fahren Linda und ich in meine Wohnung. Linda will in die Mitternachtmette und fragt, ob ich mit will. Ich finde es komisch, dass sie ausgerechnet das Wort "Mette" im Deutschen gelernt hat und kann mir an einem kalten und dunklen Abend nichts Schlimmeres vorstellen als zu St. Michael zu gehen und zu beten. Ich vermisse sie und ihren Körper und das einzige Weihnachtsgeschenk das ich haben will ist ihr Mund und dann sehe ich sie mit ihrem Mann bei seinen Eltern und wundere mich, ob er es mit ihr in seinem Kinderzimmer in Bielefeld treibt und ob sie laut ist oder sich in ihre Faust beißt damit ihre Schwiegereltern es nicht hören und ob er sie befriedigt so wie ich es tue.

Oder nicht.

Und irgendwie weiß ich, dass er es nicht tut und sie dennoch mit ihm zusammen ist. Und dass sie und ich etwas Einmaliges haben und dass dies alles ist, was ich brauche, um glücklich zu sein.

Linda steht vor mir und hat breitere Hüften als sie und ich vermisse ihre schmalen Hüften und mir tut ihre Abwesenheit weh und ich checke mein Telefon. Die Abwesenheit einer Nachricht von ihr schmerzt noch mehr. Es ist so, als vermisse sie mich nicht, als existiere ich in ihrer Abwesenheit nicht.

DREIZEHN

Silvester.
Sie ist in Thailand.
Mit ihrem Mann.

Ich habe sie gefragt wo und sie hat nur "Shangri-La" gesagt. Ich war dort gewesen, ich kenne das Hotel. Die Vorstellung von ihr zusammen mit ihm in diesem Hotel mit dem Pool direkt am Fluss, wo ich so oft mit der Fähre vorbei gefahren bin und mir nur einen Besuch im Zigarrenladen leisten konnte, tötet mich.

Das Shangri-La ist ein besonderer Ort, nicht nur in Bangkok. Auch und gerade in Jakarta. Es ist der Platz der Schönen, der Reichen und der Glücklichen. Es ist der Platz um zu sehen und um gesehen zu werden. Es ist der Platz, an dem die Menschen an Silvester ihr Glück zur Schau stellen und gemeinsam in ein besseres Jahr aufbrechen und das alte Jahr verabschieden. Sie bricht dort zusammen mit ihrem Mann in ein neues Jahr auf - in ein Jahr, das eigentlich ihr und mir gehört. Gehören sollte.

Silvester ist ein Waterloo.

Ich lebe zwischen den Zeitzonen und höre nichts von ihr. Linda ist bei mir und sie tut mir leid und es tut mir leid, aber ich kann es einfach nicht mit ihr. Wir haben Sex an Silvester und ihr Körper ist viel zu schwer und ich stehe angewidert auf und ich trinke zu viel und spiele eine Playlist ab zu der sie tanzen und sich ausziehen und laut lachen und ihre Hand vor ihren Mund halten würde als würde sie an einer Stange im Rotlichtbezirk tanzen.

Linda sagt nur, dass ihr die Musik nicht gefällt und ob ich sie leiser machen kann. Um ein Uhr morgens im neuen Jahr sagt Linda, dass sie jetzt geht und ich frage sie, ob ich ihr ein Taxi rufen soll und sie erzählt mir von einem Freund, der sie abholt. Ich wusste bis zu diesem Zeitpunkt nichts von einem Freund außer mir und ich mache ihr die Tür auf und wünsche ihr ein *Selamat Tahun Baru* und sie mir auch und sie geht und ich weiß, dass ich sie nie mehr wiedersehen werde.

Ich bin nicht traurig darüber.

Dann trinke ich noch mehr und schalte den Fernseher ein und es kommt dieser Quatsch, den sie uns an Silvester zeigen. Auf einem anderen Sender kommen die Bilder aus den Metropolen dieser Welt und wie die Menschen dort ins neue Jahr gerutscht sind. Auckland ist immer als erstes dran; dann kommen Glocken aus Japan und dann die Sydney Harbour Bridge. Sie könnten jedes Jahr die gleichen Bilder zeigen und es würde niemandem auffallen. Und jedes Jahr ist mein Gefühl an diesem Tag das gleiche. Ich frage mich, was ich in München mache, denn eigentlich wollte ich diese langweilige Stadt schon längst verlassen haben. Fernweh wirft sich über mein Herz wie ein dunkler Schleier. Ich vermisse Jakarta und Bali und weiß, dass ich weg muss. Angewidert schalte ich den Fernseher aus und rufe sie auf ihrer Nummer an. In Bangkok ist es Zeit zum Frühstücken und ihre Nummer geht direkt auf die Mailbox. Ich schicke ihr eine SMS und beobachte, ob meine Nachricht zugestellt wird oder nicht.

Sie wird nicht zugestellt.

Dann überkommt mich die Wut und der Hass und ich hasse sie so, wie ich sie liebe und ich weiß nicht, was stärker ist. Dann mache ich den Campari auf und mische ihn mit dem Sekt und ich werde mutig und nehme ihre Klamotten aus meinem Schrank, einzeln und ohne Tüte und werfe alles in den Müllschlucker, den es auf jedem Flur dieses Hochhauses gibt. Es tut gut, mich ihrer Erinnerung zu entledigen. Ein BH ist größer als die anderen und er bleibt übrig, es muss einer von Linda sein und ich lege Linda's BH in das Fach, in dem ihre Sachen waren und das nun leer ist. Linda's BH nimmt ihren Platz ein, auch wenn Linda nicht ihren Platz einnimmt.

Ich nehme mir fest vor, mit ihr Schluss zu machen und sie nie wieder zu treffen und schon gar nicht mehr mit ihr Sex zu haben. Es ist ein Neujahrsvorsatz, an den ich mich nicht halten werde.

Der nächste Tag ist wie alle Neujahrstage in Deutschland: grau, kalt, geschlossen. Kopfschmerzen quälen mich und sind ein Vorbote für das Jahr, das vor mir liegt. Ich vergesse, meinen Eltern ein frohes neues Jahr zu wünschen und erst gegen 17 Uhr schicke ich ihnen eine SMS. Zwei Minuten später kommt eine Nachricht von meinem Vater zurück: "Frohes Neues Jahr, mein Sohn." Nichts von meiner Mutter. Mein Hangover ist zu fies, als dass ich mir Gedanken über die Beziehung zu meinen Eltern machen kann.

Ich texte Tina und frage sie, was sie macht. Sie schreibt, dass sie mit diesem Typen vom Lenbach Palais nach Ischgl gefahren ist. Sie fragt mich ob alles OK ist und ich wünsche ihr ein frohes neues Jahr.

Dann schalte ich mein Telefon aus.

Und lasse es aus.

VIERZEHN

Spät nachts klingelt es an meiner Tür. Es muss jemand aus dem Haus sein, ansonsten hätte es unten geklingelt. Ich mache die Tür auf, ohne durch den Spion zu sehen. Noch habe ich meine Leichtigkeit, die ich bald verlieren werde.

Sie steht da.

"Ein frohes neues Jahr, Schatzi."

"Was willst Du?"

"Darf ich reinkommen?"

Sie tut es, als hätte ich ja gesagt.

"Warum ist Dein Telefon aus?"

"Ist es?"

"Oh mein lieber Schatz," sagt sie und küsst mich und will anknüpfen an das, was wir früher einmal hatten, aber sie hat es getötet und es liegt zwischen uns wie eine Leiche und irgendwie ist alles anders. Ich muss feststellen, dass ich sie liebe, wie sie im Sommer war. Heute ist sie eine andere Frau und unsere Beziehung ist anders. Ihre Hände sehen alt aus und erinnern mich an eine alte Frau, die ihren Einkaufswagen durch den Supermarkt schiebt und nach der letzten Milchflasche greift.

Unsere Beziehung hat ihre Unschuld verloren. Wir sind in der Realität angekommen. Es gibt kein Entrinnen vor dem, was passiert ist. Und vor dem, was passieren wird.

Leider.

Jetzt wäre der Augenblick, die Geschichte zu ändern.

Sie kapiert nicht, dass sie uns zerstört hat.

Aber dann liegen wir uns in den Armen, als könnten wir unserem Schicksal entgehen. Ihr Anblick bringt all das zurück, das ich unterdrückt habe. Ihre Küsse sind heißer als zuvor und dann lieben wir uns ohne es zu tun. Ich erinnere mich an ihren Geruch im Sommer und sie riecht anders und nicht mehr so wie ich es mag.

"Wann bist Du zurückgekommen?"

"Gestern."

Sie zieht sich aus und zeigt sie mir.

"Gefallen sie Dir?"

Sie ist stolz auf sie und nennt mir eine Zahlen- und Nummernkombination.

Ihre Brüste sehen falsch aus und passen nicht zu ihr. Sie sind zu groß für ihren kleinen Körper. Ihre Nippel stehen nach oben und die Haut spannt über den Brüsten wie ein Ballon, der gleich platzt und die Schnittwunde unter ihnen ist rot. Sie sieht aus wie ein Pornostar ohne Geschmack. Ihre Hände massieren ihre Brüste, um das Silikon weich zu machen.

"Ich mochte Deine Brüste vorher. Warum hast Du Dir Deine Busen vergrößern lassen? Warum hast Du mich nicht gefragt?"

"Mein Mann hat sie mir geschenkt."

"Hat er sie Dir geschenkt oder sich?"

"Gefallen sie Dir nicht?"

"Du hast Plastik im Gesicht und in den Brüsten. Warum magst Du Dich selbst nicht?"

Ich schüttele meinen Kopf.

"Sie sehen falsch aus und bewegen sich komisch. Sie sind nicht Du und die Brüste, die ich vorher geliebt habe."

Sie trägt kein Make-up und sieht alt und verbraucht aus, als würde sie um etwas kämpfen und wüsste nicht wofür. Sie sieht, dass ich nicht in Stimmung komme und Tränen formen sich in ihren Augen.

"Was ist los mit Dir? Warum magst Du mich nicht mehr?"

Ich sage nichts und küsse sie und dann sage ich ihr, es ist besser, wenn wir uns nicht mehr sehen, solange sie sich nicht im Klaren darüber ist, wen sie will. Ihren Mann, Arne Kucholski, oder mich.

Ihre Tränen fließen aus ihren Augen in Bächen und der Rotz aus ihrer Nase wird zu einer Schlammlawine und zum ersten Mal wirkt sie abstoßend auf mich, als könnte ich die Wahrheit hinter ihren Lügen sehen.

Dann geht ihr Mund zwischen meine Beine und sie nimmt mich wie ein Bonbon und sie weiß wie sehr ich das liebe und sie tut es sehr ernst und erst nach sehr langer Zeit werde ich hart. Sie besteigt mich und reitet auf mir und sagt:

"Aber Du liebst es immer noch, wenn ich Dich lutsche."

Es ist keine Frage, es ist eine Ermutigung, die sie sich selbst gibt. Ich versuche es, will, dass es sich anfühlt wie davor, aber es ist vergebens. Sie reitet auf mir und ich empfinde sie als ekelhaft und sage ihr, dies ist das letzte Mal. Sie gibt Gas wie bei der Formel 1 und sagt "Das werden wir ja sehen, denn Du liebst es, wie ich Dich lutsche" und sie treibt es wie eine Wilde auf mir und reibt mir ihre neuen Brüste ins Gesicht. Das Material ist hart und die Brüste sehen aus als hätten sie Einlagen und ich sage ihr, dass ich ihre Brüste nicht liebe sondern sie und dass sie ohne ihre Plastikbrüste viel besser war als jetzt und dass sie mit ihren Brüsten lieber zu ihrem Mann geht, denn er hat sie ihr geschenkt und bestimmt nicht für mich sondern für sich selbst. Dann schlägt sie mir mit ihrer Hand ins Gesicht. Es tut richtig weh, sie schlägt ein zweites Mal zu und sagt, sie liebt ihren Mann nicht sondern mich und ich verstehe sie nicht, wenn sie mit ihm in den Urlaub zu ihren Eltern fährt und sie keine Wahl hat, weil er ihren Eltern versprochen hat sich um sie zu kümmern und dass es um ihr Gesicht geht und um das ihrer Eltern und ihres Mannes und keiner darf sein Gesicht verlieren und ich sehe all diese verlorenen Gesichter und denke mir was für ein Schwachsinn und sage ihr das. Sie fickt mich wie eine Schlampe und ich frage sie wo denn hier das Gesicht von ihr oder ihrem Mann oder ihren Eltern sei und sie schlägt mir ins Gesicht und reitet mich wie einen Büffel und ihr laufen Tränen aus den Augen und der Rotz auf der Nase und sie ist wild und törnt mich an und ich komme in ihr und es ist beinahe so gut wie vorher und dann doch längst nicht so gut wie vorher.

Dann liegen wir nebeneinander und es ist früher Morgen und sie sagt wie immer:

"Ich muss gleich los."

Diesmal will sie ihre Sachen mitnehmen, weil ich sie ja nicht mehr liebe. Sie macht den Schrank auf und das Fach, wo ihre Sachen waren, ist leer und es liegt nur ein BH dort, der vielleicht groß genug ist für ihre neuen Busen, aber natürlich weiß sie, dass es nicht ihr BH ist und sie fragt mich was das für ein BH ist und wo ihre Sachen sind. Ich bin müde und fertig und will einfach nur, dass sie geht und sage ihr, ich habe ihre Sachen zu meinen Eltern gebracht und sie sagt warum und ich sage ihr, dass ich hier ausziehen werde, weil ich dachte, dass sie sich scheiden lassen wird und wir Geld sparen müssen und zu meinen Eltern ziehen. Sie glaubt meine Lüge genauso wenig wie ich und sie wird wütend und wirft mir Linda's BH ins Gesicht und dann drischt sie auf mich ein und kratzt und will mir mit ihren Nägeln die Augen auskratzen und natürlich kann ich sie von mir entfernt halten, aber ich nehme Schaden und ich muss Kraft anwenden. Sie läuft Amok und ihre kleine Statur ist mächtig stark. Sie schlussfolgert richtig, ohne es zu wissen, dass der BH einer dummen "Indonesielin" gehört und dass ich mein Organ (sie verwendet ein anderes Wort) nicht in der Hose lassen kann und dann sagt sie mir, dass sie ihn abschneiden wird, wenn sie die Gelegenheit hat und ich werde nie wieder irgendetwas in irgendeine Frau stecken weil sie es mir vorher abschneiden wird und in dem Augenblick, in dem sie dies sagt glaube ich ihr und ich habe zum ersten Mal Angst vor ihr und will sie nur noch loswerden. Sie hört nicht auf zu schreien und ich bin mir sicher, alle meine Nachbarn hören sie und bald wird jemand an meiner Tür klingeln und fragen, was los ist.

Ich weiß nicht mehr wie, aber ich bringe sie soweit, meine Wohnung zu verlassen, und ich gehe mit ihr zum Aufzug und fahre mit ihr nach unten und will sie zu ihrem Auto bringen und frage sie, ob es eine gute Idee ist, dass sie jetzt fährt. Sie schreit mich an und sagt, sie muss das Auto mitnehmen, weil ihr Mann es am Morgen braucht, um nach Pullach zu fahren, und sie kann es nicht stehen lassen. Sie schiebt einen Supermarktwagen in eine Hauswand und schreit mich an und flucht. Irgendwann läuft sie weiter und ich bleibe auf der dunklen Straße stehen und dann ist sie weg. Es ist das letzte Mal, dass ich sie sehe.

Ich gehe nach oben in meine Wohnung und mache sauber und spiele die Playlist ab, die ich für unser erstes gemeinsames Silvester gemixt habe, an dem sie nicht da war und trinke Rotwein. Ich atme tief durch und bin froh, dieses Kapitel beendet zu haben.

Was weiß ich schon.

FÜNFZEHN

Ich komme zur Ruhe und nehme mir vor, Linda und Tina anzurufen und ihnen zu sagen, dass sie Geschichte ist und dass wir etwas gemeinsam unternehmen müssen und so weiter. Ich sehe uns zu dritt Neuschwanstein im Schnee besuchen und die Worte des Mannes aus dem Lenbachpalais hallen in meinen Ohren, es mit der Asiatin und der Blondine zusammen zu machen und auf einmal ist das mein Plan für das neue Jahr und ich bin mir sicher, es verdient zu haben. Ich kann mir nicht vorstellen, dass Tina dieser Idee abgeneigt ist, solange ich dabei bin.

Vielleicht sind die beiden zusammen so gut wie die Thai alleine.

Die Musik spielt vor sich hin und vielleicht ist sie zu laut und ich trinke eine zweite Flasche Rotwein. Der Wein hilft mir beim Formulieren meines Plans mit den beiden Mädels. Irgendwo habe ich mir aufgeschrieben:

Traum = Plan + Zeitpunkt

Ich stoße darauf an und denke mir, vielleicht wird das neue Jahr doch nicht so schlecht.

Dann die Klingel an meiner Tür.

Ist sie wieder da?

Hat sie es sich anders überlegt?

Ich weiß nicht, ob ich mich darüber freuen soll oder nicht.

Ein Nachbar, dem die Musik zu laut ist?

"Aufmachen. Polizei."

Dem das Geschrei mitten in der Nacht zu laut war?

"Polizei. Machen Sie die Tür auf."

Vehement.

Laut.

Viel lauter als meine Musik.

Ich drehe den Regler runter und mache die Tür auf. Zwei Polizisten in Zivil zeigen mir ihre Dienstmarken und Ausweise. Maier und Müller oder so etwas. Typisch deutsche Namen.

"Wir müssen reinkommen."

"Bitte, kommen Sie rein. Bitte entschuldigen Sie, ich werde die Musik nicht mehr so laut machen."

Die beiden Polizisten verziehen keine Miene und der erste geht vor und der zweite Polizist befiehlt mir, vor ihm in die Wohnung zu gehen und er macht die Tür hinter uns zu und er bleibt hinter mir wie ein falscher Schatten.

Sie schauen sich in meinem Studio um.

"Wir nehmen Sie wegen Vergewaltigung fest. Waschen Sie sich nicht Ihre Hände und langen Sie nichts mehr an."

Der Rotwein in meinem Blut ist ein starker Filter und ich habe keine Ahnung, was seine Worte bedeuten und dass sich in dieser Minute mein Leben ändert. Ich fühle mich, als gehe es nicht um mich, als bin ich noch nicht einmal da. Beinahe freue ich mich über den Besuch der beiden Herren von der Polizei, sie werden uns wie Mediatoren betreuen und wir können die Angelegenheit klären und dann vielleicht endlich zusammen sein. Noch glaube ich an das Gute in den Menschen und dass es für alles eine Lösung gibt und Menschen sich verzeihen und am Ende jede Geschichte gut ausgeht.

Doch ich verliere an diesem Abend meine menschliche Jungfräulichkeit.

Der Polizist redet weiter und ich höre seine Stimme und habe keine Ahnung, was er sagt.

"Haben Sie uns verstanden?"

Ich nicke und habe keinen blassen Schimmer, was gerade passiert.

"Darf ich mich anziehen?"

Die Polizisten nicken. Ich gehe ins Bad und drehe den Hahn auf und will meine blonde Mähne mit Wasser in Form bringen, so wie ich es immer tue und mein Gesicht waschen und der eine Polizist beobachtet mich und sagt "Nein!" und es ist zu spät und ich bitte um Entschuldigung. Ich stelle mir vor, wie wir auf das Revier fahren und ich mit ihr reden kann und wir die Sache klären und sie den Polizisten sagt, dass ich sie nicht vergewaltigt habe, sondern es andersherum ist und wir uns lieben und ihr Mann das Problem ist und wir einen Weg finden werden um ihn los zu werden und um endlich zusammen zu sein.

Und wie sehr ich sie liebe.

Und, dass sie das nur tut, um mir zu zeigen, wie sehr sie mich liebt und weil sie keinen anderen Weg zurück zu mir hat, weil sie es mit ihrem Mann verbockt hat und mir weh getan hat und es ihr Leid tut.

Als ich angezogen bin sagt einer der beiden Polizisten zu mir:

"Sie machen nichts. Wenn sie etwas machen, legen wir ihnen Handschellen an."

Seine Worte sind Demütigung genug: Meine Freiheit habe ich bereits verloren.

SECHSZEHN

Sie nehmen mich auf der Rückbank eines roten Passats mit, den sie in der Feuerwehranfahrtszone geparkt haben. Ich erkenne das zivile Polizeiauto an der Antenne, die kein anderer Passat hat.

Die Polizisten bleiben unangeschnallt, aber ich muss den Gurt benutzen. Die Tür hinten lässt sich von innen nicht öffnen und ich fühle mich wie ein Kind, das etwas falsch gemacht hat. Vor der Polizeistation sehe ich ihren silbernen Mercedes und freue mich darauf, sie zu sehen und alles zu klären und sie zu küssen und dann mit ihr nach Hause zu fahren.

Ich weiß zu diesem Zeitpunkt nicht, dass ich sie nie wieder sehen werde.

Die Polizisten nehmen mich mit in den ersten Stock der Wache und ihre Augen sagen mir, dass sie Typen wie mich kennen und jeden Tag unzählige wie mich verhaften und sie sehen mir an, dass ich angetrunken bin und nicht gewalttätig und außerdem sind sie einen Kopf größer als ich und nur ein Dummkopf würde versuchen davon zu rennen. Sie verachten mich, nicht nur mit ihren Augen. Dann sitzen wir in dem Büro des einen Polizisten und er sitzt an einer Art Schreibmaschine. Das Gerät macht ihm zu schaffen, als würde er damit zum Mond fliegen wollen.

"Ich habe sie nicht vergewaltigt."

"Das können Sie dem Richter erzählen."

"Fragen Sie sie doch einfach. Das ist ein Missverständnis. Ich habe ihre Sachen weggeworfen und den BH einer anderen Frau in der Wohnung. Sie ist durchgedreht."

Der Polizist reagiert nicht.

"Sie ist Amok gelaufen. Total. Sie ist eine verrückte Thai, wissen Sie das? Ihr können Sie nicht trauen."

Er tippt mit zwei Fingern und ist überfordert.

"Kann ich bitte ein Glas Wasser und ein Taschentuch haben?"

Der Polizist schaut mich an und ich sehe die Verachtung in seinen Augen.

"Ich habe viel Rotwein getrunken und brauche unbedingt Wasser. Wie lange wird das hier dauern? Wann kann ich mit ihr sprechen?"

Der Polizist schüttelt seinen Kopf.

"Sie sind wegen Vergewaltigung hier. Als nächstes behandeln wir Sie erkennungsdienstlich und dann führt der Staatsanwalt Sie dem Haftrichter vor. Der Richter entscheidet, wie es weitergeht."

Ich habe keine Ahnung wovon er redet und will einfach nur nach Hause und schlafen.

"Was ist mit einem Anwalt?"

"Wenn Sie in Untersuchungshaft sind, können Sie einen Anwalt anrufen. Jetzt nicht."

Die Worte U-Haft fliegen durch meinen Kopf wie eine Kugel, die dabei immensen Schaden anrichtet.

"Das ist ein Missverständnis. Sind Sie noch nie von jemandem fälschlicherweise beschuldigt worden? Durch die Lüge einer verlassenen Frau?"

"Wenn das der Fall wäre, dann könnte ich nicht bei der Polizei arbeiten."

Ich stelle mir sein Sexleben vor. Im Treppenaufgang seines Mietshauses in Obersendling hinterlassen Kartoffeln und Zwiebeln einen Duft, der jede Leidenschaft im Keim erstickt. Beim Anblick des Polizisten denke ich an einen leidenschaftslosen Akt nach mehreren Hellen und einer Folge des "Tatort", mit derselben Frau, die dick ist und ungewaschene Haare hat und deren Füße noch nie eine Pediküre hatten und vermutlich ist er froh, ihn überhaupt noch hoch zu kriegen. Als ich mir den Polizisten mit seiner Frau vorstelle, muss ich an die Thai und ihren Mann denken und vielleicht ist es bei ihr genauso und ich bin ihr Weg weg aus dem Gestank des Mietshauses am Harras. Dann verstehe ich, was mein Verlust für sie bedeutet und zum ersten Mal wird mir der Ernst *meiner* Lage klar. Ich schlucke und fühle den Gaumen in meinem Mund, den der Rotwein in eine Wüste verwandelt hat.

Sie nehmen mir meine Schlüssel und mein Handy und ich unterschreibe irgendwas und sie geben mir eine Kopie des Zettels und ich frage mich, was ich mit dem Zettel tun soll. Es ist ja nicht so, dass ich zuhause einen Ordner habe, in dem ich diesen abheften kann; außerdem lassen Sie mich ja nicht nach Hause.

Dann übergeben sie mich einer Streifenwagenbesatzung. Ich sitze auf dem Rücksitz und mittlerweile ist Berufsverkehr und an einer Ampel im Auto neben uns auf der Leopoldstraße sitzen zwei junge Frauen in einem Mini und sie sehen mich und lachen und ich bin mir sicher, sie lachen den Trottel auf der Rückbank des Polizeiautos aus und ich erinnere mich daran, Menschen auf der Rückbank von Polizeiautos gesehen zu haben und wie ich mich gefragt habe, wie sie wohl dahin gekommen sind.

Jetzt weiß ich es.

Dann wird mir klar, dass ich der Trottel bin, den sie auslachen.

Wegen einer Lüge.

Die beiden Frauen sind hübsch und auf dem Weg ins Büro und sie wirken ohne Sorgen und voller Zuversicht für ihren Tag und ich würde sie gerne kennen lernen und mit einer von ihnen ein normales Leben führen und keine verheirateten Asiatinnen mehr daten und mit einer von ihnen zusammen ziehen. Die Ampel wird grün und der Mini ist schneller als das Polizeiauto und mit den Frauen sind auch meine Träume weg und ich bin wieder der Trottel auf der Rückbank des Polizeiautos.

"Wir haben noch einen."

"Dann war das vorher doch nicht der Letzte, den Ihr uns gebracht habt."

"Ihr habt die Wette gewonnen."

Polizeilicher Erkennungsdienst in der Nähe der Lindwurmstraße. Nachts ist Hochsaison für die erkennungsdienstliche Behandlung von Sexualstraftätern. Die Gebäude sind aus der Nazi-Zeit. Sie sehen bedrohlich aus und geben mir das Gefühl einer Reise in eine beschissene Zeit.

Was es auch ist. Die Reise, die hier beginnt, hat es in sich, und ich schnuppere an diesem Morgen das erste Mal die Luft der Unfreiwilligkeit, der Willkür, der Gewalt des Staates und der Macht einer Lüge.

Ich bin ein Akteur in einer Geschichte von Franz Kafka. Draußen fängt es an zu schneien und es hört nicht auf. Ich bin unschuldig und habe ihr nichts getan und dennoch verachten sie mich wie einen Sexualstraftäter. Sie fotografieren mich und die Kratzer in meinem Gesicht und das blaue Auge und nehmen meine Fingerabdrücke und ich muss mich nackt machen und sie untersuchen mein Glied und nehmen einen Abstrich, nachdem sie die Vorhaut zurückgezogen haben. Eine alte Frau macht das und unter ihren Händen fühle ich mich bereits verurteilt und frage mich, ob ich überhaupt eine Chance haben werde, mich zu verteidigen. Das Stigma dessen, was sie mir vorwerfen, hängt über mir wie das Schwert des Damokles. Ich sehe aus wie ein Straftäter: Betrunken, zerkratzt, müde, verwahrlost, ein blaues Auge. Sie machen Fotos von den Kratzern auf meinem Körper und meinem Gesicht ohne mich zu fragen und ich würde mich gerne selbst sehen und nirgendwo gibt es einen Spiegel. Selbst über den Waschbecken ist nur eine blanke Wand. Ich weiß nicht warum es keinen Spiegel gibt und ich würde mich gerne sehen, mir in die Augen schauen, wissen wer ich bin, mit wem ich's zu tun habe, aber sie geben mir keine Chance.

Die beiden Polizisten bringen mich zurück in das Polizeipräsidium neben der Kirche, in der Linda in die Mette gegangen ist. Es ist ein anderer alter Nazibau mit dicken Wänden und Gittern vor den Fenstern und grünem Linoleum am Boden. Drinnen könnte es auch das Jahr 1940 sein. Sie setzen mich in eine Einzelzelle. Sie haben meine Fingernägel noch nicht untersucht und der Mann vom Erkennungsdienst kommt erst gegen Mittag. Ich bin müde und versuche auf der Holzbank zu schlafen und lege meinen Arm über meine Augen. Der Mann, der später in die Zelle kommt, ist relativ jung und er trägt eine Waffe am Gürtel und stellt sich mit seinem Namen vor und er ist der erste Mensch seit meiner Verhaftung, der mich nicht verachtet oder verurteilt.

"Wundern Sie sich nicht. Wir waren in Ihrer Wohnung und haben Ihr Bett und so weiter untersucht. Was machen Sie?"

"Ich schreibe meine Doktorarbeit."

"Deswegen die vielen Bücher."

Ich weiß nicht, was ich zu ihm sagen soll.

"Worüber?"

"Indonesien und die ASEAN."

Sein Gesicht zeigt Bewunderung. Vielleicht haben die anderen Kriminellen weniger Bücher.

"Die Richter lassen Menschen wie Sie in der Regel gehen. Sie haben einen festen Wohnsitz und eine Aufgabe, der Sie sich jeden Tag widmen. Bei vielen Pärchen artet Streit aus und dann stehen Anschuldigungen im Raum."

Es klingt so, als glaubt er mir. Ich nicke und bedanke mich für seine Worte, er strahlt und lächelt und irgendwie ist er von einer anderen Welt. Ich versuche mir vorzustellen, wie die Polizisten in meiner Abwesenheit durch meine Sachen und durch mein Bett gegangen sind und dann schäme ich mich für mein Bett und meine Wohnung.

Vor allem für mein Bett.

Nachdem sie meine Hände untersucht und Abstriche von unter meinen Nägeln entnommen haben, führen Sie mich in die Zelle mit den anderen Männern, die auf den Haftrichter warten. Sie sagen mir, ich muss eine Nacht da bleiben, weil es schon Mittag ist und der Haftrichter nur vormittags da ist. Was für ein Schwachsinn und was für eine Schikane und ich wünsche ihnen etwas Schlechtes, sehr Schlechtes. Bevor ich in die Zelle gehe, muss ich die Schnürsenkel aus meinen Schuhen ziehen und auch meinen Gürtel aus der Hose nehmen. Sie legen alles zusammen mit meinem Handy und meinem Portemonnaie in einen abgeschlossenen Spind. Unter den Wächtern ist auch eine blonde Frau. Sie ist wunderhübsch und in ihrer Uniform hat sie die Macht über die Männer in der Zelle. Meine Augen suchen ihre Augen und sie schaut mich an und ich weiß, dass sie sich denkt "Schon wieder so ein Verlierer der hier in der Zelle endet und der mich sieht und sich denkt wie kann eine so schöne Frau hier arbeiten" und ein Justizbeamter macht die Tür hinter mir zu und ich sitze mit den anderen in der überhitzten Zelle. Die Luft ist warm und trocken und an einer Wand ist eine Kloschüssel. Ich konzentriere mich darauf, nicht auf die Toilette zu müssen.

Meine Schuhe ohne Schnürsenkel sind zu groß und ich kann nicht gehen, ohne dass meine Füße an den Fersen aus den Schuhen gleiten und meine Hose rutscht und das ist ein demütigendes Gefühl. Die Zelle ist voll und die Männer sind aus allen möglichen Ländern und wegen allen möglichen Delikten da und manche kennen sich und sprechen miteinander. Zwei Männer, die später dazu kommen sehen gefährlich aus und sie haben Gesichter, die ich nicht vergessen kann und ich traue ihnen alles zu.

Auch Vergewaltigung.

Ich habe gelesen, wie es in deutschen Gefängnissen zugeht; nicht nur in Amerika sind Gefängnisse die Hölle auf Erden. Die Männer, die zuletzt dazu gekommen sind, sehen aus, als wären sie aus der Hölle.

Irgendwann geben sie uns etwas zu essen und eine Decke. Später geht das Licht aus und auf mich wartet eine schlaflose Nacht. Ich habe Angst und diese Angst wird mich eine lange Zeit begleiten.

Auch heute noch.

Der Psychiater, den ich besuchen werde, nennt es PTSD: Post-Traumatic Stress Disorder.

Die Angst dieser Hilflosigkeit und Trostlosigkeit, zusammen mit Verbrechern und Betrunkenen und Verlierern, die in ihrem Leben nichts mehr erwarten außer ihrem Tod, wird für viele Jahre mein Leben bestimmen. Panikattacken und chronische Angstzustände suchen mich heim und ich bin auf der Suche nach Sicherheit. Diese Angst rechtfertigt, was ich tun werde, denn ihre Lügen sind viel schlimmer.

Der Tag wird zur Nacht und die Nacht zum Tag. Ich will raus aus der Zelle und mit jemandem reden der meine Situation versteht. Noch glaube ich, dass es jemanden gibt der meine Situation versteht. Sie lassen mich telefonieren. Neben dem Telefon liegt ein gelbes Telefonbuch. Ich kenne keinen einzigen Anwalt in München, und schon gar keinen für Strafrecht. Ich schlage eine Seite auf und rufe die erste Kanzlei an, die ich finde. Am Telefon sagt mir die Dame, dass ihre Kanzlei kein Strafrecht macht. Ich frage den Polizisten neben mir, ob ich einen zweiten Anruf tätigen kann. Dieser zuckt mit seinen Schultern, als wäre er unbeteiligt und ich finde einen Anwalt, der Strafrecht macht. Dann stelle ich fest, dass er denselben Familiennamen hat wie sie: Kucholski.

Gegen Mittag verhören mich eine Kommissarin und eine Hauptkommissarin. Sie bringen mich in einen kleinen Raum mit einem vergitterten Fenster und dicken Wänden wie in einer Burg und sie wollen die Geschichte von mir hören. Sie sagen mir, dass sie eigentlich schon Pause haben und mich nur verhören, damit ich nicht noch eine Nacht in der Zelle sitzen muss, bevor sie mich dem Haftrichter vorführen. Natürlich weiß ich heute, dass das Humbug ist und Verhandlungstaktik und sie mir ein noch schlechteres Gefühl geben wollten als ich es schon hatte. Die beiden Frauen widern mich an und ihre Augen sagen mir, dass sie mich für einen Loser halten und ich habe nicht das Gefühl, dass sie die Wahrheit wissen wollen, sondern auf der Suche nach Material sind, das mich belastet.

Den Lügen.

Dann erzähle ich ihnen diese Geschichte. Ich lasse mir Zeit und keine Details weg, denn sie hätten ja nur Pause und keine wichtigen Termine. Die beiden Polizistinnen sehen nicht schlecht aus, sie sind schlank und aalglatt und tragen Pferdeschwänze, als wäre dies eine dienstliche Anweisung. Ich versuche mir vorzustellen, was sie sich denken als ich ihnen von meiner Beziehung zu ihr und unserem Sexualleben erzähle und ob sie abends nach Hause gehen und ihren Partnern darüber erzählen und es auch so haben wollen oder ob sie nach den Geschichten überhaupt keinen Sex mehr haben wollen. Vielleicht gehen sie auf die Toilette und machen es sich selbst und ich kann mir nicht vorstellen, dass meine Geschichte sie in Ruhe lässt. Dazu sehe ich zu gut aus und erzähle zu gut. Die Kunst liegt im Detail.

Vielleicht sind sie aber auch lesbisch und treiben es miteinander. Ich traue es ihnen zu. Die Handschellen tragen sie an ihrem Gürtel.

Der Reihe nach rufen sie uns auf und führen uns dem Haftrichter vor. Ich bin an der Reihe. Ich habe keine Ahnung, was mich erwartet und höre andere Gefangene sagen "Diesmal komme ich in U-Haft" und der nächste sagt "Dann sehen wir uns dort, wenn es wieder Stadelheim ist" oder irgendein anderes Gefängnis. Ein paar Gestalten wünsche ich die Haft, denn sie sehen so aus wie ich mir das Böse vorstelle. Ihre Augen sind tot und da ist etwas ohne Skrupel in der Mattheit ihrer Seele, als haben sie nichts zu verlieren, als ist ihr ganzes Leben ein Kampf, den sie bereits verloren haben. Sie stehen am Abgrund und sie sind bereits einen Schritt zu weit gegangen.

Zwei Justizbeamte flankieren mich auf dem Weg über den Korridor in ein Zimmer mit dunklen

Holzwänden und einem sympathisch aussehenden Mann hinter einem Schreibtisch, auf dem sich mehr Papier stapelt als auf meinem Schreibtisch zu Hause. Ein Justizbeamter steht neben mir und hält meine rechte Hand mit einer Zange fest. Die Zange erinnert mich an ein Folterinstrument aus dem Mittelalter.

Der Haftrichter fragt mich nach meinem Namen. Ich bestätige und er sagt:

"Sie kommen frei."

Der Justizbeamte nimmt die Zange von meiner Hand.

"Ich gebe dem Antrag der Staatsanwaltschaft auf Untersuchungshaft nicht statt. Aber tun Sie mir und sich einen Gefallen, halten Sie sich von der Dame fern."

Ich habe Lust ihn zu fragen, welche Dame er meint, weil in meiner Geschichte keine Dame vorkommt, aber ich verkneife mir meine Worte.

"Wenn wir uns hier nochmals wegen dieser Frau begegnen, schicke ich Sie in U-Haft."

Sein Satz ist das Verbot, die Frau, die ich liebe, wiederzusehen.

Ein Justizbeamter bringt mich zum Ausgang und dort steht Herr Kucholski, der Anwalt, den ich angerufen hatte zusammen mit einer jungen Frau - wie absurd, dass die Frau, die mich hierher gebracht hat, den gleichen Familiennamen hat wie der, der mich verteidigen wird. Er stellt mir die Dame neben sich als Jurastudentin vor, die ein Referendariat bei ihm macht. Er fragt mich nicht, ob das OK für mich ist. Vermutlich hat er zu ihr gesagt, "Julia, komm' mit ins Polizeirevier. Wir holen einen Verbrecher ab." Es muss spannend sein für sie, einen Mann im Gefängnis abzuholen, der dort festgehalten wurde, weil er eine Frau vergewaltigt hat.

Haben soll.

Ich weiß nicht, ob es für sie einen Unterschied macht. In ihren Augen bin ich ein Affe hinter Glas und ihre Lüge ein guter Weg, Geld zu verdienen.

Viel Geld.

Für die Anwälte macht es keinen Unterschied, ob jemand schuldig ist oder nicht. Sie verdienen ihr Geld mit dem Vorwurf. Sie bauen ihren Lebensunterhalt auf den Lügen von Frauen wie meiner Thai auf. Für Anwälte spielt die Wahrheit keine Rolle; ihnen reicht die Lüge. Julia, die junge Frau an der Seite des Anwalts, trifft vielleicht zum ersten Mal in ihrem Leben einen schweren Jungen, auch wenn ich alles andere bin. Ich sehe es in ihren Augen. Ihre Augen sprechen mich schuldig und haben kein Mitleid mit mir, sie studieren mich wie ein Objekt.

An einem Fenster geben sie mir meinen Gürtel, Jacke, Schnürsenkel, Schlüssel, Portemonnaie und das Handy zurück und ich quittiere den Erhalt. Ein anderes Stück Papier, mit dem ich nicht weiß, was ich machen soll.

Ohne Schnürsenkel in meinen Schuhen schlurfe ich mit dem Anwalt und seiner Volontärin über die Straße in ein Café. Ich fühle mich nackt und gedemütigt und wundere mich, dass sich die Welt draußen noch dreht. Meine Welt ist stehengeblieben und ich verstehe nichts mehr.

Ich habe Angst davor, dass sie wieder mitten in der Nacht kommen und mich mitnehmen. Meine

Haustür ist kein Schutz vor ihnen. Ich bin auf der Suche nach Sicherheit und möchte am liebsten verschwinden, verschwinden auf einer warmen Insel, weit weg, auf der sie mich nie finden werden.

Auf der Insel, auf der ich heute bin, und von der aus ich diese Zeilen schreibe.

Der Anwalt und sein blonder Sidekick mit einer Hackfresse, wie es nur Jurastudentinnen aus München haben können, fordern mich auf, ihnen diese Story zu erzählen. Innerhalb weniger Stunden erzähle ich ihnen die Geschichte, die ich den beiden Polizistinnen mit den Pferdeschwänzen bereits erzählt habe.

Der Anwalt bittet mich um die Kurzform, es kostet ja alles Geld und Zeit und er wisse noch nicht, ob ich ihn mandatieren werde. Julia macht Notizen.

Dann legt er die Honorarvereinbarung auf den Tisch: Er ist teuer. Vielleicht ist es immer teuer, wenn es um die Wahrheit und die Freiheit eines Menschen geht.

Ich weiß nicht, ob er gut ist oder ob ich ihn brauche und ich unterschreibe trotzdem.

SIEBZEHN

Endlich zu Hause. Ich werfe die Schuhe, die Socken und den Gürtel in den Müllschlucker und betrete die Wohnung mit nackten Füßen. Die Lampen in meinem Studio sind auf mein Bett gerichtet und das Bett ist ungemacht; der Parkettboden hat schwarze Abdrücke von den Schuhen der Polizisten und dem Pulver, mit dem sie alles Mögliche untersuchen. Ich ziehe mich aus, rasiere mich und nehme die längste Dusche meines Lebens. Ich wasche meine Haare dreimal und schrubbe meinen Körper mit Seife und einer Bürste. Das Weinglas steht unangetastet auf meinem Schreibtisch. Ich trinke es aus und der Wein schmeckt fade. Ich schaue nackt über die Stadt und schreibe Tina eine SMS und sage ihr, dass ich sie treffen muss.

Auf dem Weg zum Aufzug werfe ich die restlichen Klamotten der Nacht in den Müllschlucker.

Wir treffen uns in der italienischen Tagesbar, in der wir uns immer treffen. Ich bin vor ihr da und beobachte, wie Tina die Bar betritt. Der Barkeeper kennt sie und sie geben sich einen Kuss auf die Wangen. Er hat dunkle Haare und sein weißes Hemd zu tief aufgeknöpft und ein Geschirrtuch hängt viel zu lässig über seiner rechten Schulter, als wäre es eine Auszeichnung, hier Kellner zu sein.

Seine Augen kleben an Tina.

Die Leggings sind hauteng und glänzen nass und machen Tina's Beine zu einer endlosen

Verführung. Ihre Füße stecken in silbernen Ugg. Sie zieht ihre Jacke aus glitzerndem Bonbonpapier aus und ich sehe keinen BH unter ihrem rosaroten Rollkragenpulli. Vermutlich hat sie ihn vergessen. Ihre blonden Haare hat Tina in einem strengen Pferdeschwanz auf ihrem Hinterkopf hochgesteckt.

Ich küsse sie auf die Wange, wo sie gerade noch der Italiener geküsst hat und sie mich auf meinen Mund. Der Kellner sieht es und schaut noch einmal auf ihren Po, schüttelt seinen Kopf, als gäbe es einen Gott oder auch nicht und schaut weg. Wenn er etwas sagt, dann ist es etwas wie *Mama Mia,* aber ich höre es nicht wirklich.

"Gut schaust Du aus," sage ich.

Sie sieht mein blaues Auge und legt ihre Hand auf mein Gesicht.

"Was ist mit Deinem Auge passiert?"

"Du solltest den anderen Typen sehen," sage ich. Sie lächelt.

Ich brauche ihr Lächeln jetzt wie nie zuvor.

"Ich habe Dich gestern angerufen. Wir waren im P1. Die Fußballspieler waren da."

Der Abend hört sich nach einem klassischen Abend an, wie Tina ihn am liebsten verbringt. Sie holt aus ihrer Handtasche von Michael Kors eine blaue Packung Zigaretten hervor. Wie immer, wenn wir zusammen sind, gebe ich ihr Feuer. Sie bläst den Rauch aus ihrem Mund und spielt mit der Zigarette in ihrer Hand. Dann erzähle ich es ihr.

"Ich war im Gefängnis."

"Bitte?"

"Ich war die Nacht im Knast."

"Du machst Scherze."

"Nein."

"Was? Warum?"

"Sie hat mich angezeigt."

Sie schüttelt ihren Kopf.

"Für was?"

"Vergewaltigung."

Tina schaut mich an.

"Was hat sie gemacht?"

"Angezeigt. Mich. Wegen Vergewaltigung."

"Hast Du?"

"Spinnst Du? Wenn, dann sie mich."

"Wie geht es Dir?"

"Es ging schon einmal besser. Ich habe Angst. Ich will nicht alleine sein."

Ich nehme eine Zigarette aus ihrer Packung. Sie nimmt meine Hand und gibt mir mit der anderen Hand Feuer.

Es ist unser Spiel. Alte Freunde.

"Du brauchst nicht alleine zu sein. Ich bin für Dich da."

Sie lächelt mich an.

"Die Polizei stand um fünf Uhr morgens vor meiner Tür. Ich hatte zwei Flaschen Rotwein intus. Am Anfang habe ich gar nicht gemerkt, worum es ging. Wir hatten gestritten und sie war sehr laut gewesen und ich dachte, die Polizei sei wegen des Lärms da. Dann hatte ich das Gefühl, es geht gar nicht um mich. Was sie mir vorwirft, ist absurd für jeden, der mich und sie kennt. Du kannst sie gar nicht vergewaltigen. Sie will es immer. Von jedem."

"Was ist sie für eine Schlampe?"

"Sie ist eine Nutten-Schlampe."

"Du bist betrunken."

"So nüchtern wie nie in meinem Leben."

"Liebst Du sie noch?"

"Ich weiß es nicht."

Tina schüttelt den Kopf.

"Du musst sie hassen."

Imperativ.

Sie meint: Nun hasse sie doch endlich.

"Ich weiß, dass ich sie hassen müsste. Wir hatten etwas Spezielles. Ich glaube nicht, dass ich nochmals jemanden wie sie finden werde."

Sie schaut weg und pafft an ihrer Zigarette. Unsere Cappuccinos kommen. Ihr pinker Turtleneck umrundet ihre Rundungen und ich mache mir Gedanken, dass der italienische Kellner stolpern wird.

"Du kannst nur hoffen, dass das nicht der Fall sein wird."

Ich lächle müde und ziehe an der Zigarette.

"Hast Du es Deinen Eltern erzählt?"

"Nein. Ich schäme mich."

"Das brauchst Du nicht. Du bist das Opfer."

Ich schüttle meinen Kopf.

"Liebe und Hass sind so eng zusammen, dass sie manchmal dasselbe sind."

Ich trinke einen Schluck.

"Du hättest die Augen der Polizisten sehen sollen. Der Vorwurf ist wie eine Verurteilung. Der Vorwurf bleibt haften wie die Schuld. Die können mich ins Gefängnis stecken. Mehrere Jahre. Weißt Du wie es da abgeht? Da ist mein Leben gleich vorbei."

"Das glaube ich nicht. Damit kommt sie nicht durch."

"Die Frage ist, ob ich meine Unschuld oder der Staatsanwalt meine Schuld beweisen muss. Oder kann. Ich kann es nicht. Es steht dann Aussage gegen Aussage. Und wie weiter?"

"Ihr Charakter. Ich kann bezeugen, wie sie sich in der Öffentlichkeit verhalten hat."

"Das bringt nichts. Sie wird sagen, dass ich in meiner Wohnung über sie wie ein Tier hergefallen bin. Eine kleine Asiatin noch dazu, eine Ausländerin. *A hate crime.* Dann bin ich genauso weit. Und der Staatsanwalt ist eine Frau."

"Was macht eine verheiratete Frau in der Wohnung eines jungen, intelligenten und sehr gutaussehenden Mannes? Mitten in der Nacht?"

Sie pafft den Dunst aus ihrem Mund.

"Das beantwortet doch alle Fragen."

Ihr Gesicht ist blass wie das Sonnenlicht in München. Sie kaut am Nagel ihres Daumens der Hand, die auch ihre Zigarette hält. Der Rauch der Zigarette steigt blau an ihrem Gesicht hoch und macht ihren Augen nichts aus. Tina ist keine Gelegenheitsraucherin.

"Eine Staatsanwältin wird sich dieselbe Frage stellen. Und vielleicht hilft Dir das. Gibt es noch andere Männer, mit denen sie es treibt? Außer ihrem Mann?"

"Mittlerweile glaube ich das. Sie ist besessen."

"Kennst Du einen von ihnen?"

"Woher denn?"

Tina überlegt und ich tue so, als überlege ich auch. Ich studiere ihr Gesicht und frage mich, ob Tina mich verurteilt.

Dann sage ich:

"Sie ist ein perfides Ding. Wie sie ihren Mann betrügt. Und seit Jahren betrogen hat. Ich bin nicht der Erste, der in ihr Honigfass fällt."

Ich erzähle Tina von ihrer Zeit in Vietnam und wie sie es dort mit seinen Freunden und dem Botschaftspersonal getrieben hat.

"Sie hatte jede Nacht einen anderen."

"Das ist krank," sagt Tina. "OK wenn Du nicht verheiratet bist, aber wenn Du einen Mann hast...."

Ich nicke und nippe am Cappuccino.

"Sie ist krank. Aber ich auch."

"Du bist einfach nur spitz. Und weil Du immer da unten denkst, kommt oben wenig raus."

Sie schaut mich an wie eine Stewardess einen besorgten Passagier in der ersten Klasse. Dann rutscht sie neben mich auf die Bank und legt ihre Hand auf meinen Oberschenkel.

"Versprich mir, Dich von ihr fernzuhalten. Ich will Dich nicht im Knast besuchen."

Sie sucht meine Augen und findet sie.

"Du hast eine bessere Frau verdient."

Sie küsst mich und ihre Hand wandert die Innenseite meines Oberschenkels nach oben.

Später steuert sie den BMW ihres Vaters durch den schmelzenden Schnee. München ist weiß und grau und das, was im Sommer mein Paradies war, ist nun Eiszeit. Schmutziger Schnee säumt die Straßen.

Das Licht ist fad und die Stadt ist kalt wie ein Gulag. Alles erinnert mich an sie und ich will sie vergessen, aber die Erinnerung an sie lässt mich nicht los.

An ihrer Wohnungstür schlüpft Tina aus ihren Uggs. Sie trägt keine Socken und ihre schlanken Füße enden in rosarotem Nagellack. Bei Tina's Eltern spielt Geld keine Rolle und daher auch bei Tina nicht. Sie zeigt mir ihr neues Sofa von Roche Bobois. Es ist bunt und teuer.

"Kaffee?"

Ihre Espressomaschine qualmt. Der Duft der frisch gemahlenen Bohnen mischt sich mit ihrem Parfüm und dem Rauch der Zigarette. Die Kombination ist so verführerisch wie Kaviar und Wodka. Sie sieht, wie ich sie ansehe und für einen Augenblick bin ich froh, dass ich bei ihr bin. Sie zieht den Rollkragenpulli aus und ist oben herum nackt. Die schwarzen Leggings sitzen an ihren Beinen wie die Uniform eines Skispringers bei der Vierschanzentournee. Die Zigarette in ihrer Hand qualmt und lässt Tina mystisch erscheinen.

"Was ist mit Mr. Ischgl?"

Sie schüttelt ihren Kopf.

"Nichts."

"Was ist passiert?"

"Alle Männer sind Schweine," sagt sie.

"Alle?"

"Du nicht."

"Dann bin ich beruhigt."

"Er ist verheiratet."

"Das kenne ich von irgendwo her."

Sie kommt zu mir und küsst mich. Sie schmeckt nach Espresso und Gauloises Blondes. Dann macht sie meinen Reißverschluss auf, zieht den Gürtel aus den Schlaufen meiner Hose und drückt mich auf ihr neues Sofa. Ihre Hand und ihr Mund sind wie eine Reinigung nach der Pein der letzten 24 Stunden. Dann ist sie fertig und wischt sie sich den Mund mit ihrer Hand ab und zündet uns eine Zigarette an.

"Das soll Dir dabei helfen, sie zu vergessen."

Sie zieht ihren Rollkragenpulli an und legt sich zu mir auf das neue Sofa, hält mich fest und ich schlafe ein.

ACHTZEHN

Ich wache auf und sie ist am Telefon und raucht. An der Wand hängt eine Tafel mit einem bayerischen Muster. Die Tafel passt überhaupt nicht in ihre moderne Wohnung. Der Spruch schon.

Alkohol und Nikotin
Raffen die halbe Menschheit hin
Aber ohne Schnaps und Rauch
Stirbt die andere Hälfte auch

Sie hat eine Flasche vor sich und zwei kleine Gläser. Aus einem trinkt sie. Sie bemerkt meinen Blick, verabschiedet sich und legt auf. Ihre Augen folgen meinen auf die kleine Tafel.
"Von meiner Oma. Süß, nicht? Sie ist mit 92 Jahren gestorben. Total gesund. Und hat geraucht und getrunken."
"Willst Du es genauso machen wie Deine Oma?"
Sie reicht mir ein kleines Glas mit einer durchsichtigen Flüssigkeit und sagt:
"Wie hast Du geschlafen?"
Draußen ist es dunkel.
Ich bin groki und habe tief geschlafen.
"Ich bin groki und habe tief geschlafen."
Ich strecke mich und gähne.
"Wie viel Uhr ist es?"

"Kurz nach sieben. Du hast sechs Stunden geschlafen."

"War das Mr. Ischgl?"

Sie trinkt aus dem kleinen Glas und nickt. Ich trinke auch.

"Er will seine Frau verlassen."

"Wegen Dir?"

Sie nickt und schenkt uns nach.

"Willst Du das?"

"Ich weiß es nicht. In der Regel klappt das nicht. Wie wir wissen."

"Du brauchst verdammt gute Gründe, um Deine Ehe vollkommen kaputt zu machen," sage ich. Und meine es.

Sie setzt sich zu mir auf das Sofa. Ich streichle ihre Haare. Sie hat Sweatpants an und warme Socken und ein bauchfreies Top. Das Top stellt ihre Besuche im Fitness-Studio zur Schau.

"Was willst Du?"

"Ich weiß es nicht," sage ich. "Ich vermisse sie und das, was wir hatten. Ich war glücklich und befriedigt, wie noch nie in meinem Leben. Das will ich wieder."

"Ist es Liebe, wenn es weh tut?"

"Ich habe keine Ahnung, was Liebe ist."

"Ich auch nicht."

"Auf die Liebe."

"Auf die Liebe."

Wir trinken.

Tina schenkt nach.

"Ich glaube bei mir geht es immer um Sex und Befriedigung. Nicht um Liebe. Ich will mich nicht binden. Ich will Spaß und Sex. Und frei sein."

Sie nickt.

"Das ist bei den meisten Männern so. Ihr wollt frei sein. Das Timing ist wichtig. Wenn Du die richtige Person zum falschen Zeitpunkt kennenlernst oder die falsche zum richtigen Zeitpunkt, dann bringt das nichts."

"Ich habe Angst davor, an einer Person hängen zu bleiben. Manchmal wünsche ich mir, in Pornos mitzuspielen. Da kannst Du die gesamte sexuelle Energie abbauen. Mehr will ich nicht."

"Träumen Männer davon?"

"Ich glaube schon."

"Du siehst zu viele Pornos."

"Seitdem ich sie hatte gar nicht."

"Ist es besser einen Porno zu schauen, als mit einer Frau zusammen zu sein?"

"Am besten ist es, Pornos zusammen mit einer Frau anzuschauen."

"Willst Du es jetzt?"

Sie wartet nicht auf meine Antwort und fährt durch mein blondes Haar. Sie leckt ihren Zeigefinger und steckt ihn mir dann in den Mund. Dann zieht sie mich langsam und ihr Top schnell aus und macht ihren Pferdeschwanz auf. Die ganze Zeit beobachten ihre Augen meine Augen. Ihre Haare fallen über mein Gesicht und sie küsst mich. Aus ihren Sweatpants kommt ein Kondom wie bei anderen ein Taschentuch und sie schlüpft aus ihren Hosen und trägt hauchdünne Unterwäsche. Sie stellt mit ihrer Hand sicher, dass ich einsatzbereit bin und dann zieht sie es mir über. Sie gleitet ohne Probleme über mich und reitet langsam und intensiv mit geschlossenen Augen. Sie ist sehr feucht und sie macht das bunte Sofa schmutzig.

Mit der Thailänderin ging es darum high zu sein und es war verrückt und voller Risiko und laut. Tina geht es um etwas anderes. Tina sucht Geborgenheit, einen Mann und einen Partner an ihrer Seite. Darum waren ihre Freunde immer ältere Männer. Die Thai wollte high sein beim Sex - sie hatte einen älteren Mann und wollte jüngere Partner, so wie mich. Tina setzt ihren Körper nicht als Suchtmittel ein. Sie muss nirgendwo hingehen und lügen und sie will auch nicht, dass ich irgendwo hingehe und lüge.

"Erzählst Du Mr. Ischgl davon?"

Sie macht ihre Augen auf und schaut mich an. Sie reitet in einem langsamen Trott. Dann schüttelt sie den Kopf.

"Er ist verheiratet. Mein Liebesleben geht ihn nichts an."

"Du musst aufpassen, dass Du nicht in die gleiche Situation kommst wie ich."

Sie bewegt sich langsam auf und ab und stützt ihre Hände auf meiner Brust und ihr Auf und Ab haben einen Effekt auf sie und weniger auf mich aber ihre Brüste sind schön und natürlich und zart und nicht aus Plastik und für einen Augenblick bin ich zu Hause und dann kommt sie und zittert etwas und dann steigt sie von mir und holt ein Handtuch und legt es unter meinen Po und sie flucht leise weil das Sofa nass geworden ist und der Geruch des Kondoms lässt mich weich werden und ich fühle mich fremd und gebraucht und frage mich, warum ich das mit Tina mache, wenn ich noch nicht über sie hinweg bin und es vielleicht auch niemals sein werde, sein kann oder sein will, weil es der beste Sommer meines Lebens war.

Tina wickelt das Kondom in Toilettenpapier und wirft es in den Mülleimer. Dann geht sie unter die Dusche. Ich verschränke die Arme hinter meinem Kopf und betrachte die Decke, als würde sie die Lösung für meine Probleme bereithalten.

NEUNZEHN

"Warum willst Du nicht mit mir zusammen sein?"

"Ich liebe Dich nicht. Alles andere ist eine Lüge."

Das ist die Wahrheit.

Die Wahrheit tut meistens weh.

Deswegen lügen Menschen.

Tina schaut mich mit leeren Augen an. Irgendwie tut sie mir leid, und irgendwie auch nicht. Wir kennen uns seit vielen Jahren und sie weiß, dass ich Asiatinnen bevorzuge.

"Es tut mir wirklich leid, und ich mag Dich sehr. Aber ich liebe Dich nicht."

"Das ist sehr schade. Wir passen gut zusammen."

Ich halte ihre Hand. Sie sucht eine Zigarette und steckt sie an. Sie fragt mich nicht, ob ich auch eine will. Ich zeige ihr das Schreiben meines Anwaltes. Angehängt sind die Klage der Staatsanwaltschaft und eine Privatklage mit der Forderung auf Schadensersatz, wegen des Traumas durch Vergewaltigung. Blablabla.

"Was, wenn ich Dir helfen kann?"

"Was meinst Du?"

"Willst Du sie leiden sehen? Du willst sie mindestens so leiden sehen wie Du leidest."

Vor Gericht würde die Gegenseite Einspruch erheben, weil der Satz suggestiv ist. Aber Tina hat Recht.

"Ich kann Dir nicht folgen."

"Sie macht Dich fertig, lässt Dich verhaften. Es kostet Dich eine Unmenge Geld, um Dich zu verteidigen. Und sie hat andere Typen, denen sie es besorgt. Und das nennt sie Liebe."

Ich atme tief aus und nicke.

"Willst Du nicht, dass sie dafür zahlen muss?"

"Natürlich. Aber wie?"

Sie steht auf und geht durch die Wohnung in die offene Küche. Die Espressomaschine zischt mit den Bohnen.

"Ich kenne jemanden, der Dir helfen kann."

"Wovon sprichst Du?"

"Sagen wir mal so. Dinge passieren."

"Ich verstehe Dich nicht."

"Mein Vater nutzt diese Methode die ganze Zeit. Wenn Mietnomaden nicht zahlen, wenn Dinge nicht so passieren wie vereinbart. Am Bau und so weiter. Immobilien sind ein schmutziges Geschäft. Manchmal muss jemand sauber machen. Aufräumen."

Sie setzt das Wort "sauber" mit ihren Händen in Anführungszeichen.

"Denkst Du, er wartet jedes Mal darauf, dass ein Gericht ihm Recht gibt? Und was, wenn nicht? Recht und Gerechtigkeit finden oft nicht zusammen. Es gibt Menschen, die dabei helfen und den Prozess beschleunigen. Es ist legitim, der Gerechtigkeit unter die Arme zu greifen."

Tina öffnet mir die Augen und ich sehe sie und ihre Familie zum ersten Mal in einem anderen Licht. In einem dunklen Licht. Und vielleicht erklärt das den Erfolg ihres Vaters.

"Mein Vater hat Ressourcen, die das eine oder andere einfach mal mitmachen. Sie schulden mir einen Gefallen."

"Wovon sprechen wir?"

"Ihr könnte etwas zustoßen. Sie könnte die Treppe herunterfallen. Oder einen Verkehrsunfall haben. Oder vergewaltigt werden."

Sie zwinkert.

"Richtig vergewaltigt. So wie sie es nicht mag."

Ihr Blick ist blau und kalt, als hätten ihre Augen die ganze Zeit auf diesen Augenblick gewartet.

"Weißt Du, wovon Du sprichst? Das ist kriminell."

"Wo kein Kläger, da kein Richter. Und was soll sie machen? Wieder zur Polizei rennen und sagen, dass sie schon wieder vergewaltigt wurde? Die Bullen sagen ihr dann, dass sie sich was anderes anziehen soll."

Sie lacht und ich habe Tina so noch nie erlebt. Aber vielleicht hat Tina damit Recht. Wie oft in Folge kann dieselbe Frau zur Polizei gehen und behaupten, sie wäre vergewaltigt worden? Wie oft glauben sie ihr?

"Das ist kriminell."

"Und wenn, dann so kriminell wie Dich der Vergewaltigung zu beschuldigen. Obwohl Du es nicht getan hast. Wir würden lediglich das Pendel der Gerechtigkeit wieder gerade rücken. Sie hat es verrückt. Und wir rücken es zurecht. No big deal."

"Und sagen wir einmal wenn. Dann kommen sie sofort auf mich. Dann lande ich im Knast. Und Du auch, wenn es dumm läuft."

"Sie können nie eine Verbindung herstellen zwischen ihnen und Dir. Und ich bin Dein Alibi."

"Wenn sie die kriegen, dann stellen sie eine Verbindung zwischen ihnen und Deinem Vater her, und dann Dir und mir. Und dann war es das."

"Das werden sie niemals schaffen. Sonst hätte mein Vater ja heute schon Probleme."

Ein valider Punkt.

Ich zögere.

Mein Zögern zeigt ihr, dass ich es in Erwägung ziehe.

"Denk' drüber nach. Wenn Du böse sein willst, musst Du richtig böse sein. Sonst lohnt es sich nicht."

Ihr Blick ist intensiv und sie meint es ernst.

"Was ich nicht alles für Dich tun würde. Wenn das keine Liebe ist," sagt Tina zu mir.

Sie schaut mich an und ich sehe eine fremde Frau vor mir. Sie zieht sich aus und steht mit ihren langen blonden Haaren und einem roten G-String und warmen Socken vor mir. Sie dreht sich um und zeigt mir ihren kleinen Po. Dann sagt sie über ihre nackte Schulter:

"Komm', wir gehen ins Bett."

ZWANZIG

"Wo wohnt sie?"

Als ich ihm den Zettel mit ihrer Adresse geben will, sagt er zu mir:

"Nichts Schriftliches."

Ich lege den Zettel beiseite. Tina sitzt neben mir und drückt meine Hand.

"Du tust das Richtige, Schatz."

Ich nenne ihm die Adresse.

"Und was soll ihr zustoßen?"

"Vergewaltigung," sagt Tina.

Er schaut sie an, dann mich.

Ich schaue Tina an.

Mein Blick sagt: ernsthaft?

"Was hat sie Euch getan?"

Tina:

"Besser, wenn Du das nicht weißt."

"Vergewaltigung ist ein ernstes Thema. Das wird teuer."

Tina lächelt. Eiskalt.

"Du schuldest mir noch was."

Er schaut sie an.

"Das willst Du jetzt einlösen? Damit?"

Tina nickt. Er schüttelt den Kopf und schaut in seine Hände.

"Können wir sie nicht zermürben? Kleine Schicksalsschläge, jede Woche einer?" sage ich.

"So etwas wie ein Dauerauftrag?"

"Genau."

Er macht dieses Geräusch in seinem Rachen, das sagt, dass er mich nicht für bare Münze nimmt.

"Wer glaubt Ihr, wer wir sind?"

"Ich weiß es nicht und ich habe Dich nie getroffen," sage ich wie in einem Film.

"Du hast viele Männer in Deiner Entourage," sagt Tina. "Die brauchen etwas zu tun. Und mit ihr werden sie Spaß haben. Nimm' ein paar Jungs aus dem Osten. Die für's Grobe."

"Habt Ihr ein Foto von ihr?"

Tina nickt und holt ein Nacktfoto von ihr aus ihrer Tasche.

"Woher hast Du das?" sage ich zu Tina.

"Ich habe es in Deinen Sachen gefunden."

Tina wirft einen Blick auf das Foto und zeigt es ihm. Er pfeift durch seine Zähne.

"Nicht schlecht. Warum erpresst ihr sie nicht?"

"Dann wissen alle, dass es von uns kommt," sagt Tina.

"Nicht unbedingt. Wenn wir es richtig machen."

"Sie ist verheiratet," sagt Tina. "Ihr Mann ist Beamter. Da ist nicht viel zu holen."

"250.000 DM," sage ich.

"Wie viel?" sagt Tina.

"Das hat sie mir gesagt."

"Dann ist das auch eine Idee."

"Keine gute. Ihr Mann ist beim BND."

Er schnauft und sagt:

"Das wird immer besser. Ihr wollt, dass wir die Frau eines BND-Beamten vergewaltigen?"

Tina schaut ihn an mit Augen, die kalt sind wie das Polarmeer. Sie raucht und nimmt den Blick nicht von seinem Gesicht. Er schaut weg.

"Nur vergewaltigen. Macht sie fertig, so dass sie es nicht vergisst und nie mehr ficken will," sagt Tina. "Oder kann."

Sie schaut mich an, als hätte sie gerade beim Italiener meine Lieblingspizza für mich bestellt. Er schaut Tina an wie ein Monster, das er bislang unterschätzt hat.

"Du bist schlimmer als Dein Vater. Was wir sonst machen und was Ihr von uns wollt, liegt meilenweit voneinander entfernt."

"Wenn es einer kann, dann Du."

Er lächelt und schaut Tina an. Seine Augen haben die Kälte verloren und sind sensibel geworden.

"Weiß Dein Vater davon oder hat er etwas damit zu tun?"

Tina schüttelt ihren Kopf und sagt:

"Und so muss es auch bleiben."

EINUNDZWANZIG

"Du brauchst ein wasserdichtes Alibi."

Tina fährt die Landsberger Straße in Richtung Stadtmitte. Viel zu schnell.

Der BMW ist ein Handschalter und macht ihr Spaß. Viel Spaß. Es gibt keine attraktivere Frau als eine, die gut Auto fahren kann.

"Wir brauchen ein wasserfestes Alibi," sage ich.

"Und warum willst Du das eigentlich machen, Dich für mich an ihr rächen?"

"Am besten sind wir beide zusammen. Und viele Menschen, die es bezeugen können."

"Wer ist dieser Typ?"

"Ein *Contractor* meines Vaters. Für alles, was am Bau geschehen muss, ohne dass gebaut wird."

"Kannst Du spezifischer sein?"

"Mehr willst Du nicht wissen."

"So schlimm?"

"Sprich meinen Vater nicht darauf an."

"Warum sollte ich?"

"Manchmal ist es besser, weniger zu wissen."

Sie steuert nah an einem Audi vorbei. Der Fahrer hupt und Tina reagiert gelassen.

"Männer mögen es nicht, wenn Blondinen in einem BMW sie rechts überholen."

Ich schaue sie an. Sie nimmt gefährlich lang den Blick von der Straße und wirft mir einen Kuss zu. Wir fahren an den Augustiner Bräustuben vorbei und sie nimmt die Kurve danach, so wie sie lebt.

Schnell und gefährlich.

Ihre Miene bleibt unverändert. Risiko ist das, was das Leben lebenswert macht. Zumindest meint Tina das.

An einem warmen Sonntag kommt Tina zu mir. Sie hat zwei Sixpack Corona von der Tankstelle dabei. Ich versuche mich auf meine Bücher und die Doktorarbeit zu konzentrieren. Es ist ein Kampf, den ich viel zu oft verliere. Der Anwalt nimmt mein Mandat ernst und mein Geld gerne. Ich weiß immer noch nicht, ob er mir glaubt oder ob er seinen Job macht, weil jeder in unserem Rechtsstaat Recht auf eine ordentliche Verteidigung hat. Oder weil ich ihm absurd viel Geld für ein paar Briefe an die Staatsanwaltschaft und die Gegenseite, also die Frau, die ich liebe, bezahle.

Seinen Augen nach letzteres.

Die Polizei hat mich mehrmals mit unterdrückter Nummer angerufen und mir Fragen gestellt. Jedesmal wenn mein Handy klingelt und das Display keine Nummer anzeigt, steigt mein Puls und das Adrenalin pocht in meinen Ohren wie die Polizei damals an meiner Tür. Die Angst schießt in meinen Magen und ich stinke unter den Achseln und mir geht es nicht gut.

Der Anwalt hat seine Hände über dem Kopf zusammengeschlagen und gesagt, ich möchte der Polizei gegenüber keine Aussagen treffen, die nicht mit ihm abgestimmt sind. Er wird sehr grafisch in seinen Ausführungen, was mir passieren kann, wenn ich nicht auf ihn höre. Ich gelobe Besserung und verweise die beiden Damen mit den Pferdeschwänzen von der Kripo an meinen Anwalt. Er stimmt die Aussage mit mir ab und schickt mir umgehend eine Rechnung. Das Zahlungsziel wundert mich nicht. Er will sein Geld haben, bevor ich wieder im Knast verschwinde. Ich wünschte, ich könnte die Worte meiner Doktorarbeit für den gleichen Preis verkaufen wie er seine Briefe. Ich weiß nicht, ob der Anwalt gut ist, aber er profitiert von ihrer Lüge und das ärgert mich. Ich bin ihm hilflos ausgeliefert. Tina sagt mir, ich solle mir keine Gedanken machen: Sie kann mir Geld leihen. Oder schenken. Ich sage ihr, dass ich sehe, was sie mit Menschen macht, die ihr etwas schuldig sind.

Sie sagt:

"Ich kette Dich höchstens an mein Bett und lasse Dich nie wieder gehen."

Die Vorstellung ist auf den ersten Blick verführerisch.

Auf den zweiten Blick sehe ich mich in der Reflektion ihrer blauen Augen angekettet auf ihrem Bett und schaue sie an. Tina's Stimme flüstert mir ins Ohr:

"*I told you so.*"

Ich frage mich, ob es in dieser Stadt normale Frauen gibt. Wenn dem so sein sollte, dann finde ich sie nicht.

Tina macht zwei Corona auf.

"Es ist bald soweit."

"Also doch."

"Ich sage Dir nicht, wann genau es passieren wird. Dann kannst Du Dich nicht verplappern, sollten die Bullen vorbeikommen."

"Ich will nicht alleine sein. Ich habe Angst."

"Angst wovor?"

"Dass sie mich wieder mitnehmen."

"Alles ist gut, Schatz. Die Polizei macht nur ihren Job. Woher sollen sie wissen, dass Du unschuldig bist? Sie müssen jedem Vorwurf nachgehen."

Ich nicke. Tina hat natürlich Recht. Aber dennoch habe ich Angst. Angst vor ihren Lügen.

"Ich habe Dir gesagt, dass Du zu mir ziehen sollst. Dann bist Du nicht alleine und hast ein Alibi."

Also ziehe ich zu Tina.

Wir verbringen viel Zeit in ihrer Wohnung und machen alles gemeinsam. Ich bin keine Minute alleine. Ich bin nervös und sie kuschelt mit mir und wir schreiben an unseren Doktorarbeiten und lesen und korrigieren gegenseitig unsere Texte.

Tina raucht, als kann sie nur durch die Zigarette atmen. Sie läuft barfuß durch ihre Wohnung. Ihre Fußsohlen sind schwarz von der Asche der Zigaretten, die sie überall fallen lässt. Ich weiß nicht, ob sie es nicht bemerkt oder ob sie es vorsätzlich macht. Sie erinnert mich an die Geschichte einer blonden Frau und einem Engländer indischer Abstammung. Die blonde Frau hat schmutzige Füße vom Staub in ihrer Wohnung und genau das törnt ihren Freund an.

Tina's Füße sehen unverbraucht aus, als hätten sie nie die Qual von hohen Absätzen ertragen müssen. Wenn wir gemeinsam essen, spielen ihre Zehen unter dem Tisch mit mir. Ihre Zehen sind extrem beweglich und einmal hat sie damit Erfolg. Der Sex ist gut und für die Augenblicke in denen ich in ihr bin vergesse ich den Anwalt und die Thailänderin und den Mann den wir beauftragt haben, sie fertig zu machen.

Beinahe täglich trinkt sie mittags Rotwein und hört Musik und tanzt dazu. Reggaeton, Hip Hop, Chill Out. Ich bewundere ihre Leichtigkeit des Seins. Nur ein Mensch, der genügend Geld und dieses Aussehen hat kann sich so bewegen.

An manchen Tagen ist ihr langweilig und sie will nicht an ihrer Arbeit schreiben und sie fängt früh an zu trinken und versucht mich zu verführen und kommt mit einem Glas Wein und einer Zigarette aus dem Schlafzimmer und sie hat nichts an außer einem Fetzen Stoff den sie nur im Schlafzimmer tragen kann. Ich sitze in der Küche und sage ihr, dass ich nicht kann, solange das alles nicht vorbei ist und ich weiß wie es weitergeht. Und dass ich Angst habe vor dem Gefängnis. Dann sagt sie mir, alles wird gut und ich brauche mir keine Gedanken zu machen und schon gar keine Angst zu haben. Ihr Körper überzeugt mich und ich glaube ihr und sie hat diese unbeschwerte Art, die manche Menschen haben, die keine Sorgen kennen und die sich um nichts in der Welt kümmern, weil sie es nicht müssen. Tina sagt mir, dass ich es immer mit ihr tun kann, wenn ich Lust habe. Einmal bittet sie mich, es vor ihr selbst zu tun und sie tut es auch. Sie sagt mir, sie ist gerne meine

"Unterlage" und dann nimmt sie eine Flasche Wein mit ins Schlafzimmer und ich höre das Vibrieren ihres Dildos und manchmal stöhnt sie laut und manchmal nicht.

Ich frage mich, wo sie das Wort "Unterlage" her hat. Harald, ein Freund von mir in Japan, hat es einmal erwähnt, als er gesagt hat, er sei auf der Suche nach einer neuen "Unterlage".

Tina bringt viele Fragezeichen mit.

Die Abende verbringen wir auf dem bunten Sofa und trinken Wein. An einem dieser Abende klingelt ihr Handy. Sie legt ihren Kopf in meinen Schoß und schaut mir in die Augen und geht ran, ohne ihren Namen zu nennen. Ihr Blick haftet auf meinem Gesicht und sie streckt ihre Beine in Richtung Decke. Ihre Füße sind nackt und sie trägt frischen Nagellack auf ihren Füßen. Er ist pink und die Farbe passt gut zu ihrer hellen Haut. Sie hört ein paar Sekunden zu und legt auf, ohne sich zu verabschieden.

"Sie sind fertig mit ihr."

Ich schaue in ihre Augen.

Sie lacht.

"Bist Du nicht glücklich?"

"Ich weiß nicht. Was haben sie ihr getan?"

"Sag mir jetzt nicht, sie tut Dir leid und dass Du sie noch liebst. Du liebst sie nicht mehr und sie hat das bekommen, was sie Dir vorgeworfen hat."

Sie macht meinen Reißverschluss auf und bedient sich an mir. Ich küsse ihre Füße und lutsche an ihren Zehen und meine Zunge wandert ihre Schenkel entlang.

Als wir fertig sind, steht sie auf und geht in die Küche und holt eine Flasche Champagner aus dem Weinkühlschrank. Sie nimmt zwei Gläser aus dem Schrank und sagt zu mir:

"Lass uns feiern."

"Was genau?"

"Uns."

ZWEIUNDZWANZIG

Es sind diese Erinnerungen an Tina, die am schönsten sind und die ich jeden Tag vor mir sehe. Ihre Füße, ihre Brüste, ihre langen Beine und blonden Haare und ihre Art, sich um mich zu kümmern, als würde ich es selbst nicht hinbekommen, als wäre ich ohne sie dieser Welt hilflos ausgeliefert.

Es ist ihre Unbeschwertheit, die sie unantastbar macht. Ich bin mir sicher, dass Tina mich geliebt hat, genauso wie die Thailänderin es getan hat. Jede der beiden Frauen hat auf ihre Weise versucht, mir ihre Liebe zu beweisen, und ist daran gescheitert. Beide haben alles getan, was sie tun konnten. Ich hätte Tina festhalten sollen, ihr sagen müssen, nichts Kriminelles zu starten, dass sie schon alles hat und mich haben kann, wenn sie will. Meine Fähigkeit zu lieben ist vielleicht begrenzt auf Sex und Leidenschaft und vielleicht habe ich noch nie jemanden wirklich geliebt, aber vielleicht war Tina die Frau, die es am meisten verdient hat von mir geliebt zu werden, weil sie mich am ehrlichsten geliebt hat und bereit war, Opfer zu bringen die nur ein Mensch erbringt, der einen anderen Menschen wirklich liebt.

Als ich dies realisiere, sind wir bereits über die Klippen gefahren und unsere Schwerelosigkeit entspricht den Sekunden des freien Falls, bevor unser Glück am Boden zerschellt.

DREIUNDZWANZIG

Tina macht ihren Laptop auf und zeigt mir ein Video: Maskierte Personen halten sie fest und verschließen ihren Mund mit einem Klebeband. Sie stöhnt und wehrt sich, tritt zu und hat keine Chance. Eine Person hält sie fest und bindet ihre Hände an ein Rohr am Kopfende eines Bettes. Die andere Person tut das gleiche mit ihren Beinen: Sie spreizen sie und binden sie an unterschiedlichen Enden des Bettes fest.

Dann verbinden sie ihre Augen.

Tina pausiert das Video.

"Gefällt es Dir?"

"Woher hast Du das?"

Sie schüttelt ihren Kopf.

"Du musst nicht alles wissen."

Tina klickt und wir hören sie weinen und jammern durch das Klebeband auf ihrem Mund. Dann zerschneiden sie ihre Kleidung mit einem scharfen Messer. Ich erkenne ihre Brüste und den Körper, den ich so oft geliebt habe und der mich so oft befriedigt hat.

"Ich will das nicht sehen."

Tina lässt das Video weiterlaufen. Ich muss hinschauen. Sie haben es gut inszeniert und es sieht so aus, als hätten sie Spaß mit ihr gehabt. Als sie nackt vor ihnen liegt, holt einer der maskierten Männer einen gefährlich großen Dildo hervor und penetriert sie rau und hart und schnell, so dass es weh tun muss. Dann ist ihre andere Öffnung dran und es wird blutig und dann holt die andere Maske einen zweiten Dildo hervor und sie stecken die beiden Monster in sie und tun ihr weh.

Ihr Weinen und Jammern wird zu einem Schrei aus Schmerz durch den verklebten Mund. Ich klappe den Laptop zu.

Tina raucht und schaut mich an.

"Ziemlich clever von denen. Mit den Dildos bleibt kein Sperma und keine DNA zurück. Nichts was einen Rückschluss auf sie zulässt."

Sie lacht.

"So sieht Gerechtigkeit aus. Und mein Gott sind die groß."

"Das ist nicht, was ich wollte."

"Es geht noch weiter. Lass' es uns ansehen."

"Nein. Ich will es nicht sehen und ich will nicht wissen, was sie ihr noch angetan haben. Mir reicht es zu wissen, dass sie Schmerzen hat, die sie nie vergessen wird."

Tina steht auf und geht in die Küche.

"Was mich bei Euch Männern ankotzt ist, dass Ihr Euch als Opfer fühlt und dann, wenn Ihr Rache nehmen könnt, werdet Ihr schwach. Wann hast Du mir dafür gedankt?"

Ihre Frage steht im Raum. Ich habe mich nie gefragt, warum Tina der Thailänderin weh tun wollte.

"Du merkst es nicht wenn Dich eine Frau liebt. Du lebst in Deinen Träumen mit einer Frau aus Deiner Vergangenheit, die Dich nie geliebt hat. Sonst hätte sie Dich nicht ins Gefängnis werfen lassen."

Sie öffnet das Eisfach und nimmt eine Flasche Wodka heraus und trinkt aus der Flasche, als wäre es Wasser.

"Und die Frau, die Dich wirklich liebt, siehst Du mit leeren Augen an und verlierst Deinen täglichen Kampf, indem Du versuchst, die Vergangenheit wiederherzustellen."

Sie trinkt wieder.

"Das kotzt mich an. Nimm' endlich, was vor Dir steht."

Sie hat die Flasche in der Hand und Tränen in ihren Augen. Ihre Augen sind blau und sie suchen die Wärme meiner Augen und ich bin mir in diesem Augenblick sicher, dass ich ihr nicht geben kann, was sie will. Ich gehe zu ihr und will sie küssen. Das funktioniert immer. Sie schaut mich an und hält mich auf Abstand mit ihrem Arm auf meiner Brust.

"Überleg' zuerst was Du willst und wen Du willst. Ich bin nicht Deine kleine dumme Asiatin die Du herumschubsen kannst."

VIERUNDZWANZIG

Ich erhalte die Zusage des ASEAN Secretariats für ein Jahr nach Jakarta zu gehen. Das Projekt passt zur These meiner Doktorarbeit. Sie wollen meine Doktorarbeit am Ende ins Indonesische übersetzen und auf Englisch in allen ASEAN Staaten vorstellen. Noch nie habe ich mich in meinem Leben auf etwas so gefreut. Es ist der Höhepunkt meiner akademischen Laufbahn. Ich kündige meine Wohnung und Tina kümmert sich um die Abwicklung und Übergabe. Bei Tina melde ich auch meinen pro forma Wohnsitz in Deutschland an und mein Anwalt gibt grünes Licht für meine Ausreise. Es liegt kein Haftbefehl gegen mich vor, und die laufenden Ermittlungen verbieten mir in keiner Weise, das Land zu verlassen. Was ich tue ist gesetzeskonform.

Mein Anwalt geht davon aus, dass sie das Verfahren gegen mich wegen des Vorwurfs der Vergewaltigung in den nächsten Wochen einstellen werden. Wenn die Staatsanwaltschaft die Klage nicht weiter verfolgt, dann wird sie auch keine Chance mit ihrer privaten Klage haben.

Tina fährt mich im 7er BMW ihres Vaters zum Flughafen. Wir küssen uns, bevor ich durch die Passkontrolle muss.

"Pass' auf Dich auf."

"Und Du auf Dich."

"Ich will Dir nicht sagen, dass ich Dich liebe. Du weißt es. Hab' viel Spaß und treib's nicht zu bunt."

Sie zieht mein Hemd mit beiden Händen zu sich und küsst meinen Mund. Sie schmeckt nach Tabak und Kaugummi. Einmalig.

"Ich liebe Dich."

"Ich dachte, Du wolltest es nicht sagen."

Ich lege meine Hände auf ihren Po und ich weiß, dass sie mich liebt und mich deswegen ziehen lässt und sie weiß, dass ich gehen muss und ihr nicht treu sein werde. Das rechne ich Tina hoch an. Sie hat mich wirklich geliebt. Und ich weiß, auch wenn sie sagt, sie wird auf mich warten, dass sie warten wird, aber bestimmt nicht alleine.

"Ich bin hier für Dich, wenn Du zurückkommst. Ich hole Dich am Flughafen ab. Ich werde so tun, als wäre nichts gewesen."

Ihre Jeans sitzen wie in einer Levi's Werbung und ihre hohen Absätze machen ihre Beine länger als sie es sind und ihre blonden Haare sind ein strenger Pferdeschwanz und die dunkle Lederjacke umarmt sie wie ich es sonst tue. Sie weiß genau welches Bild ich von ihr in Erinnerung behalten soll und wie ich sie am meisten vermissen werde.

"Es war eine schöne Zeit, Tina. Vielen Dank für alles, was Du für mich getan hast."

Sie hat Tränen in ihren Augen.

"Ein Jahr ist eine lange Zeit, aber dann auch wieder nicht. Wir sind noch nicht vorbei. Wir machen weiter, wenn Du zurückkommst."

Ich sehe sie an und nicke. Ich habe keine Wahl. Ich frage sie nicht, ob sie mich in Jakarta besuchen kommen will, und sie fragt mich nicht, ob sie mich besuchen kommen kann. Es wäre so, als würde ich eine Eule nach Athen tragen, und noch dazu die falsche. Sie weiß es und es steht unausgesprochen im Raum. Ich umarme sie und küsse sie und für einen Augenblick bin ich mir nicht sicher, ob ich das Richtige tue, sie in München zurückzulassen. München ist ihre Welt, nicht meine. Ich werde hier nicht glücklich. Ich vermisse das Nachtleben und die Frauen und das Essen und das Wetter von Jakarta und ich will mich nicht an sie binden und in ihrer Dreizimmerwohnung in der Maxvorstadt leben, die ihr Vater bar bezahlt hat. Ich will nicht der ewige Schwiegersohn sein und im Schatten ihres Über-Vaters stehen. Ich werde nie zur Bussi-Gesellschaft gehören, zu der sie gehört.

"Ich weiß. Uns verbindet viel mehr."

Dann steige ich in den Flieger nach Dubai und von dort fliege ich weiter nach Jakarta.

FÜNFUNDZWANZIG

Tina ruft sich in regelmäßigen Abständen aus München per Email mit Fotos in Erinnerung und fragt mich, wenn sie shoppen ist, welche Handtasche - oder nach was auch immer sie an diesem Tag mit dem Geld ihres Vaters Ausschau hält - besser zu ihr passt und ich antworte belanglos mit dem üblichen Zeitversatz "Option 1" oder "Option 3" oder so und sie antwortet, sie habe sich schon für Option 2 entschieden.

Mein Leben in Deutschland ist nach kurzer Zeit in Jakarta in die Belanglosigkeit entglitten und so weit weg wie ein Albtraum, den ich kurz nach dem Aufwachen vergessen habe und von dem ich nur noch einen faden Nachgeschmack im Mund verspüre, den ich mit dem ersten Kaffee des Tages wegspüle. Ich lebe unter dem falschen Eindruck, nichts sei so bedeutungslos wie die Vergangenheit.

Auch verschwende ich keinen Gedanken an den Tag, für den ich mein Ticket für den Rückflug gebucht habe. Er ist so weit weg, dass er nie kommen wird. Dieses Gefühl ist das schönste auf der Welt.

Das erste Mal als wir telefonieren haben wir Sex am Telefon und Tina erzählt mir von ihrer Fantasie, dass wir zusammen am Gardasee sind und mit einer Fähre fahren und uns auf der Überfahrt lieben. Sie erzählt mir von ihrem pinken Dildo den sie sich als Ersatz für mich gekauft hat, sie benutzt ihn während wir telefonieren und sie hält ihn in die Leitung und ich höre ihn vibrieren.

*

Nach ein paar Wochen ruft mich Tina auf meiner indonesischen Nummer an.

"Hey Süße. Das ist eine Überraschung. Vermisst Du mich zu sehr?"

Sie grüßt mich nicht. Ich höre das Brennen ihrer Zigarette über ihrem lauten Schweigen.

"Die Polizei war hier."

Der Qualm ihrer Zigarette liegt schwer über der Leitung.

"Sie suchen uns."

"Wie bitte?"

"Sie haben ihn und seinen Komplizen. Er hat ihnen erzählt, dass es Auftraggeber gibt."

Sie zieht an ihrer Zigarette und ich höre sie etwas in ein Glas gießen.

"Er hat unsere Namen nicht genannt. Noch nicht. Er wartet auf einen Deal. Uns gegen ihn und seine Jungs."

"Du scherzt."

Sie raucht. Und trinkt.

"Nein."

Ich schlucke. Das Büro um mich herum wird still und die indonesischen Stimmen verschwinden. Dann dreht sich der Raum um mich. Ich halte mich an meinem Schreibtisch fest und suche die Fernbedienung für die Klimaanlage. Es ist heiß und die Luft hat den Raum verlassen. Meine Angst und die Panik kommen zurück wie alte Bekannte und ich meine, indonesische Polizisten auf der Suche nach mir zu sehen. Sie kommen in mein Büro. Sie tragen Hüte und halten die Waffen in ihren Händen. Ich fange an zu schwitzen und der Alkohol der letzten Nacht dringt durch meine Poren und ich kann das Bier von gestern Abend riechen.

Hard Rock Cafe im Sarinah-Gebäude.

Und dann Retro.

Ich stinke.

Jakarta ist Neuanfang und ich habe München und die alte Welt vergessen.

Und die Thai.

Tina's Anruf zerstört alles.

Ich vermisse München nicht und schon gar nicht die Menschen der Stadt. München ist dieser korrekte Stereotyp, der zu Tina passt und das ist einer der Gründe, warum ich sie nicht lieben kann. Tina ist wie ihre Stadt: sauber, geordnet und langweilig. Ich suche Chaos und Leidenschaft.

In diesem Augenblick katapultiert der Anruf von Tina die Vergangenheit in die Gegenwart. Nach so langer Zeit war ich davon ausgegangen, dass sie uns nie finden werden. In einem Buch habe ich gelesen, die ersten 72 Stunden nach der Tat sind entscheidend und danach werden die *Leads* kalt und es wird unwahrscheinlich, die Täter zu finden.

"Wie haben sie ihn gefunden?"

"Es war bei Aktenzeichen XY. Kannst Du das glauben?"

Ich kann es nicht glauben. Ich denke, bei Aktenzeichen XY suchen sie immer die Bösen, nicht aber die, die dem Pendel der Gerechtigkeit verholfen haben.

Tina's Worte, nicht meine.

"Er sitzt in U-Haft. Sein Anwalt hat mit meinem Anwalt gesprochen."

"Du hast einen Anwalt?"

Sie atmet tief aus.

"Bin ich der Einzige ohne Anwalt? Bin ich derjenige, den Du unter den Bus wirfst? Erfahre ich erst davon, wenn der Bus über mich fährt? Wenn es zu spät ist?"

"Was soll ich machen? Sie waren hier."

"Haben sie Dich mitgenommen?"

"Nein. Sie wissen noch nicht, dass sie mich suchen. Sie sind noch dabei die Punkte zu verbinden. Sie haben nach Dir gesucht."

Sie zündet sich eine neue Zigarette an. Ich kann ihre Nervosität in der Leitung hören.

"Sie können nichts beweisen."

In Jakarta zu sein, macht mich mutig.

"Selbst wenn er sagt, dass wir es waren. Dann steht Aussage gegen Aussage. Du und ich gegen ihn. Es stehen doch Du und ich gegen ihn?"

Ich höre die Zigarette am anderen Ende der Leitung brennen.

"Tina? Opferst Du mich?"

Sie schweigt.

"Es war Deine Idee. Ich habe damit nichts zu tun," sage ich ihr. Hart, direkt und unmissverständlich.

"Du hast es mir nicht ausgeredet."

"Du hast gesagt, es kostet uns nichts und er macht es umsonst, weil er Dir noch was schuldig ist. Sonst hätte ich es nie gemacht. Ich hätte nie etwas dafür bezahlt. Es ist kein Auftragsverbrechen."

"Ich habe das für Dich gemacht, weil ich Dich liebe und damit es Dir besser geht und Du mit mir zusammen sein kannst. Und damit Ihr nie wieder zusammen sein werdet."

"Das werden wir nicht. Das wusstest Du davor auch schon."

Sie sagt nichts und ich denke nach. Ich spiele mit einer Zigarre, die in Zellophanpapier eingewickelt auf meinem Schreibtisch liegt. Für heute Abend im Bats im Shangri-La Hotel, *dem* Pickup Joint der Stadt.

Neben all den anderen.

"Hast Du das Video gelöscht?"

"Noch nicht."

"Lösch' es. Sie dürfen es nie finden."

SECHSUNDZWANZIG

Das nächste Mal, als ich von ihr höre, sitzt Tina in Stadelheim in Untersuchungshaft und ihr Anwalt schreibt mir eine Email. Die Staatsanwaltschaft München I hat gegen Tina Anklage wegen des Auftrags zur Vergewaltigung, schwerer Körperverletzung und Freiheitsberaubung erhoben. Ich lese die Email und schlucke. Meine Hände werden feucht. Mir schießt Adrenalin ins Blut und Galle in den Magen und ich muß mich in den Papierkorb übergeben. Ich wische mir den Mund ab und schaue mich um. Der Schweiß läuft mir über mein Gesicht.

Niemand hat etwas mitbekommen.

Sie haben Tina in ihrer Wohnung verhaftet und am selben Tag dem Haftrichter vorgeführt. Der hat U-Haft angeordnet. Tina hat meinen Namen nicht genannt, weil sie mich liebt, schreibt der Anwalt. Tina will fair sein und deswegen, so die Email, mir die Chance geben, mich selbst zu stellen. Dies würde gegebenenfalls meine Haftstrafe mindern. Aufgrund der besonderen Schwere der Tat und des Vorsatzes muss ich mit mehreren Jahren Haft rechnen.

Der Boden unter meinen Füßen gibt nach.

Ich male mir aus, wie die Polizei am Flughafen auf mich wartet und mich nach einem ewig langen Flug in einem engen Economy Class Sitz in eine noch engere Zelle quetscht. Die Erinnerung an die Zelle reicht, um nie wieder eine Zelle zu betreten.

Die Vorstellung von Haft ist unvorstellbar.

Indonesien ist das Land der schönen Frauen. Sie begegnen mir überall und sie fragen mich, ob meine blonden Locken natürlich sind und ob sie sie anlangen dürfen. Meine Standardantwort ist, dass es sie ihre Nummer kostet und sie lachen und geben mir ihre Nummern. Dann langen sie mich an und wenn sie schön genug sind frage ich sie: "Das war's?"

Dann lachen sie wieder und sagen, wenn ich mehr will, muss ich es nur sagen, und ich sage, ich will mehr und dann gehen wir zu mir und sie langen mich mehr an.

Ich habe unzählige Dewis und Vivis und Ratihs in meinem Telefon gespeichert und keine Ahnung, wer wer ist. Einmal hat eine junge Frau, der ich die Tür zur Plaza Indonesia aufgehalten habe, mir ihre Nummer gegeben und als ich sie gefragt habe, was sie jetzt machen will, hat sie gesagt:

"I want to see your bedroom."

Selbstlos wie ich bin sind wir mit dem Taxi zu mir gefahren und ich habe ihr mein Schlafzimmer gezeigt und dann auch noch ein paar andere Dinge.

Die Frauen sprechen mich auf Englisch an und ich antworte auf Indonesisch und dann schauen sie ihre Freundinnen an und halten sich ihre Hände vor den Mund und lachen und sagen "Dieser *Bule* spricht so gut Indonesisch wie ein Indonesier."

An den meisten Abenden in den Clubs und Bars reicht es, wenn ich anwesend bin. Die Mädels machen es mir so einfach wie im Streichelzoo. Ich bin groß und viele der jungen Frauen in den Clubs schauen an mir hoch und sagen:

"You are so high."

Sie haben keine Ahnung.

In vielen Fällen bin ich es.

Am Morgen danach weiß ich nicht mehr, wer die beiden Frauen sind, die neben mir aufwachen.

Frauen, denen ich irgendwann einmal meine Nummer gegeben habe, rufen mich an und wollen mit mir "Kaffee" trinken, weil ich es ihnen versprochen habe und ich habe keine Ahnung, wer sie sind oder wie sie aussehen und wo ich sie kennengelernt habe. Die Woche hat nicht genügend Abende, um alle zu treffen.

Die Apartmentanlage, in der mich das ASEAN Secretariat einquartiert hat, heißt Puri Casablanca. Wie ein Schloss ist sie nicht, aber sie besteht aus vier hohen Türmen in deren Mitte sie einen Swimmingpool mit Rutsche gebaut haben und der Pool hat einen kleinen Kanal durch den das Wasser schneller fließt und er taugt um Mädels nach einer langen Nacht mit an den Pool zu nehmen und den Hangover wegzuschwitzen. Im Supermarkt im Bauch der Anlage gibt es Bier und teuren, schlechten Wein aus Bali und Zigarren von Adipati. Mehr brauche ich nicht nach einer Nacht im Retro oder im CJ's. Wenn ich zu faul bin, schicke ich ein Mädel in den Supermarkt und sie bringt vom dortigen Buffet frisches, scharfes Essen mit. Dann bedanke ich mich, dass sie so gut gekocht hat und die zierliche Indonesierin lacht wieder und sagt, sie habe nicht gekocht, sondern das Essen am Buffet im Supermarkt gekauft und dass ich ihr noch Geld schulde. Ich frage sie, ob sie meinen Humor nicht versteht, weil ich ja weiß, dass sie nicht gekocht hat, sondern das Essen gekauft hat und dann gebe ich ihr das Geld für das Essen und schicke sie nach Hause.

Am nächsten Tag wiederholt sich das Spiel mit einer anderen Frau.

Irgendwann vermisse ich Tina.

Ich versuche mir vorzustellen was Tina denken würde, wenn sie die beiden Frauen, mit denen ich die letzte Nacht verbracht habe, in ihren spärlichen Klamotten zum Pool stolpern sieht und sie mich mit der scharfen Suppe füttern und eine von ihnen mir die Füße massiert.

Ich werde das, was ich hier habe, nicht für eine Zelle in Deutschland aufgeben.

Nicht für die Lüge einer Frau, die ich einmal geliebt habe und immer noch liebe, auch wenn es die Frau, die ich liebe, nicht mehr gibt und wenn sie nun kaputt ist und ich mich frage, was gerecht ist und ob das, was Tina und ich gemacht haben, gerecht ist.

Im Internet rufe ich eine Liste der Länder auf, mit denen Deutschland Auslieferungsabkommen hat.

Indonesien ist nicht dabei.

Ich atme auf.

SIEBENUNDZWANZIG

Im Schreiben des Anwalts ist die Frist genannt, bis zu der ich mich stellen muss. Ansonsten wird Tina meinen Namen nennen und dann ist kein Deal mit der Staatsanwaltschaft München I mehr möglich.

Ich rufe die Email nochmals auf.

Das Datum und die Uhrzeit sind **fettgedruckt** und <u>unterstrichen</u>.

Der Tag liegt Monate zurück.
Ich habe mich nicht gestellt.
Ich werde mich nie stellen.
Ich bin verschwunden.

ACHTUNDZWANZIG

Ich kenne genügend Menschen in Indonesien, um nie mehr zurückzugehen, um für immer hier zu bleiben. Allen voran Ayu.

Ayu ist atemberaubend und die Anführerin der Studenten und die jüngste Parlamentarierin in der Geschichte des Landes und mit Abstand die schönste Frau Indonesiens. Sie stand mit dem deutschen Journalisten auf dem Dach des grünen Parlaments in Jakarta, als der Diktator, General Suharto, nach mehr als 30 Jahren zurücktreten musste. Ich habe sie im Fernsehen gesehen und bin stolz, sie persönlich zu kennen und ihre Handynummer zu haben. Sie hilft mir mit ihren Kontakten, so dass ich mich in Indonesien permanent niederlassen kann und das richtige Visum dafür bekomme, ohne ein- und wieder ausreisen zu müssen. Sie tut es nicht selbstlos, sondern nimmt sich dafür, was sie braucht. Natürlich erzähle ich ihr nicht den wahren Grund, warum ich hier bleiben will. Ich sage ihr, ich liebe Indonesien und die Menschen hier und deswegen will ich bleiben. Ohne viele Fragen oder Antworten. Mit Ayu hätte ich gerne mehr als die gemeinsamen Nächte; vielleicht hätte ich sie geheiratet, aber sie hat diesen General geheiratet.

Dennoch sind wir in Kontakt und viel zu oft für eine verheiratete Frau schreibt sie mir eine SMS und sagt mir, dass sie mich vermisst. Dann treffen wir uns in einem Liebeshotel und verbringen eine Nacht zusammen, bevor sie wieder zu ihrem Mann geht. Irgendwie verfolgt mich das wie die Pest.

Tina tut mir leid.

Wenn auch nur ein bisschen.

Sie hat die Idee gehabt, an ihr Rache zu nehmen, warum auch immer, und irgendwie ist alles auf ihrem Mist gewachsen. Das Gerichtsverfahren ist durch und Tina bleibt in Haft und der Anwalt mailt mir den Urteilsspruch: Siebeneinhalb Jahre für Tina und elf Jahre für den Contractor und seinen Komplizen. Sie sind in Revision gegangen und das Urteil ist noch nicht rechtskräftig, aber niemand kommt frei. Ich frage mich, ob sie Tina erlauben, ihren pinken Dildo mit in ihre Zelle zu nehmen oder was Tina macht, wenn sie es haben will.

Die Männer sind Monster, die der Frau, die ich geliebt habe, unheimliche Schmerzen zugefügt haben. So empfinde ich es in manchen Nächten und ich werde sehr traurig. In anderen Nächten denke ich, es war nicht genug, und sie hätten es der Thai viel härter besorgen sollen. Ich werde die Thailänderin nie wieder sehen und jeden Tag schwindet die Erinnerung an sie und meine Liebe für sie bleibt, auch wenn die Hitze hier so intensiv ist und alle Gefühle der Vergangenheit verkocht, bis sie ihre Erinnerung verloren haben.

Der Anwalt von Tina schreibt, es gibt einen internationalen Haftbefehl für mich. Er fordert mich auf, mich zu stellen. Er nennt es "Seien Sie vernünftig" und ist sich sicher, dass sie mich kriegen werden und ich keine Chance habe, egal wo ich bin oder wohin ich gehe. Das werden wir ja sehen, sage ich, ohne es zu schreiben. Ungewöhnlich für einen Anwalt schreibt er, ich solle mich schon einmal auf die Haft vorbereiten, denn es gibt kein Entrinnen. Er schickt mir ein Foto von Tina aus der Haft, ihr Gesicht ist fahl und grau, sie ist alt geworden und beinahe erkenne ich sie nicht wieder.

Ich schicke ihm das Bild von dem weißen Sandstrand vor mir, als ich diese Zeilen tippe und zwei Frauen meine Füße massieren.

Indonesien besteht aus 18.000 Inseln.

Ich bin auf einer davon.

Ihr werdet mich hier nie finden.

Ich habe die Frau, deren Namen ich hier nicht nennen kann, bei einer Touristikmesse im Le Meridien Hotel in Jakarta kennengelernt. Sie betreibt ein Hotel auf einer Insel und sie hat mich zu sich eingeladen und ich bin geblieben. Vielleicht werden wir heiraten. Vielleicht auch nicht. Sie ist Muslimin und wenn ich sie heirate, dann müsste ich in einer Moschee zum Islam konvertieren. Ich weiß nicht, ob ich das will, aber dann ist es auch egal, weil die meisten Muslime hier genauso fromm sind wie die meisten Christen in Bayern.

Außer Euch habe ich niemandem meine Geschichte erzählt. Alle glauben mir, wenn ich sage, dass ich gerne auf dieser Insel bin, weil diese Insel so schön ist. Die Insel ist schön und nach einiger Zeit schön langweilig und außer der Frau, die ich für meinen Unterschlupf benutze, gibt es nichts und niemanden, mit dem es sich lohnt, zu reden.

Mein Leben hier ist eine Lüge.

Wenn die Touristen in unser Hotel kommen, zum Tauchen am Riff und um auf die Plantagen zu gehen oder um den Vulkan zu besteigen, halte ich mich zurück, damit mich niemand erkennt.

Und wenn, was wollen sie machen?

Wenn wir Glück haben, haben wir die ganze Nacht Strom und dann geht auch das WiFi und die Klimaanlage. In der Regenzeit fällt das manchmal aus und dann sind die Frau und ich alleine in der Anlage und ohne Internet. Dann gehen wir im Meer schwimmen und lieben uns und ich benutze Kondome, weil ich nicht will, dass sie schwanger und dick wird und weil das Letzte, was ich jetzt brauche, ein Kind ist.
Irgendwann, wenn das alles vorbei ist, werde ich was tun? Und wird es irgendwann vorbei sein? Ist diese Insel mein Gefängnis?

Aber vielleicht ist alles, was ich hier schreibe, eine Lüge. Und in Wahrheit ist vielleicht alles ganz anders. Und schreibe ich dies nur, damit Ihr mich nicht findet, ich meine Spuren verwische? Damit Ihr eine Geschichte habt, die Ihr glauben könnt? Eine Geschichte voller Lügen?

Ich schicke diese Email an meinen Anwalt in München, klappe den Laptop zu und dann meine Augen. Ich sehe mich auf meinem roten Klappfahrrad durch München fahren und wünschte, ich wäre an ihr vorbei gefahren und hätte sie nie angesprochen.

**Ich danke dem Leser und der Leserin dafür,
mir meine Lügen zu glauben**

Die Garuda-Serie geht weiter:

Maximilian Rust a.k.a. Uli Zimmer
trifft Wolf Kimmich in

"Bali High"
(Band 1 der Bali Trilogie)

Schreiben ist Freiheit

Folge Axel Weber:

https://www.instagram.com/axelweberwriter/

https://www.facebook.com/AxelWeberWriter/

https://www.linkedin.com/in/axelweber/

sowie auf youtube.com und auf amazon.de